KB264076

황금새장

EN BUR AV GULD

카밀라 레크베리 지음 · 이상아 옮김

EN BUR AV GULD

《황금 새장》을 여러분과 나눌 수 있게 되어 무엇보다 기쁩니다. 이 이야기는 제 마음 깊은 곳에 자리한 작품이며, 여러분도 페이의 굳건한 의지와 복수, 그리고 그녀가 자신의 힘을 되찾아가는 여정에 빠져들기를 바랍니다. 제 책을 읽어주셔서 진심으로 감사드립니다. 여러분의 관심은 제게 세상 무엇과도 바꿀 수 없는 큰 의미입니다.

1부

아이(율리엔)는 잠들었다. 머리카락은 분홍색 베개 위에 흩어져 있었고 숨결은 고르고 잔잔했다. 페이는 조심스럽게 아이의 볼을 쓰다듬었다. 남편 야크는 오늘 밤 출장에서 돌아올 것이다. 런던 아니면 함부르크였던 것 같다. 피곤에 지친 상태로 돌아올 것이므로 편히 쉴 수 있도록 해줄 생각이다.

아이를 깨우지 않으려 침실 문을 살며시 닫고 현관문이 잠겼는지 확인했다. 그리고 부엌으로 들어가 손끝으로 식탁의 표면을 쓸었다. 3미터 길이의 흰 대리석은 이탈리아 카라라산이었다. 하지만 그만큼 불편했다. 다공성의 돌은 스펀지처럼 모든 것을 흡수해 여기저기 얼룩이 배어 있었다. 이 아파트 주방은 거의 백만 크로나가 들었고 돈을 아끼지 않았다.

페이는 아마로네 와인 한 병을 꺼내 잔을 조리대 위에 올려두었다. 유리잔이 대리석을 스치는 소리, 와인이 잔을 채우며 졸졸 흐르는 소리는 페이의 삶을 응축한 듯한 소리였다. 그녀는 조심스레 와인을 따르고 진한 향을 들이마신 뒤 눈을 감았다.

이번에는 조명을 낮추고서 복도로 나와 벽에 걸린 흑백 초상화를 바라보았다. 가족 사진(페이와 율리엔, 그리고 야크)은 비공식 궁정 사진가 카테 가보르의 작품으로, 가보르는 매년 가을 낙엽 속에서 하얀 옷을 입은 스웨덴 왕실 아이들의 사진을 찍곤 했다.

세 사람은 바닷가 모래사장에서 미소를 띠고 서 있었다. 물론 모두 흰 옷을 입었다. 페이는 아르마니 원피스를, 그는 휴고 보스의 셔츠와 접어 올린 바지를, 아이는 스텔라 매카트니 아동복의 레이스 드레스를 입었다.

페이는 서재 앞에서 잠시 멈췄다가 문을 밀고 들어갔다. 방은 탑 꼭대기에 있어 사방으로 조망이 트여 있었다. 부동산 중개인은 5년 전, 이 집을 소개하며 '독특한 매물'이라고 말했다. 그때는 아이를 뱃속에 품은 채 눈부신 미래에 대한 희망으로 가득 차 있었다. 사방의 창으로 쏟아지는 빛과 탁 트인 공간은 마치 하늘을 나는 듯한 자유를 느끼게 했다. 바깥이 칠흑같이 어두운 지금 같은 밤이면, 둥근 벽이 그녀를 감싸 안는 고치처럼 느껴졌다.

이 집의 인테리어는 페이의 손끝에서 완성되었다. 벽지, 서가, 책상, 사진과 그림까지. 남편은 손님들이 인테리어 디자이너의 연락처를 물을 때면 무척 자랑스러워했다. 그럴 때면 언제나 찬사를 그녀에게 양보했다.

페이는 그의 책상 위를 손끝으로 쓸었다. 부코프스키 경매에서 어렵게 낙찰받았는데 잉마르 베리만이 쓰던 책상이었다. 사실 그는 베리만의 영화에는 큰 흥미가 없었고 성룡의 액션 영화나 벤 스틸러의 코미디를 더 좋아했다. 하지만 사연 있는 가구를 좋아한다는 점에서는 두 사람 모두 같았다.

손님들을 초대할 때마다 그는 책상 위를 두 번 손바닥으로 두드리며 무심한 듯 말했다.

"이건 원래 잉마르 베리만이 쓰던 책상이에요."

그럴 때마다 페이는 미소 지었다. 그 말과 함께 두 사람의 시선이 마주쳤기 때문이다. 그것은 그들만의 친밀한 신호 중 하나였다. 사소하지만 관계를 이루는 작은 눈빛의 조각.

페이는 의자에 앉아 창밖을 봤다. 눈이 내리고 있었다. 멀리 길 위에서는 눈이 녹아 질척이는 진흙탕이 되었다. 한 대의 차가 어둠 속을 힘겹게 미끄러지듯 지나갔다. 잠시 그녀는 자신이 왜 이 방에 들어왔는지조차 잊었다. 눈송이가 어둠을 뚫고 떨어지는 모습을 바라보고 있노라면, 시간과 목적이 모두 사라졌다.

페이는 다시 모니터 쪽으로 돌아섰다. 마우스를 움직이자 화면이 밝게 켜졌다. 크리스마스 선물로 주었던 마우스패드—페이와 아이의 사진이 인쇄되어 있던—는 사라지고 대신 노르데아 은행의 파란색 마우스패드가 놓여 있었다. 프라이빗 뱅킹 고객용 선물이었다.

그녀는 비밀번호를 알고 있었다. JULLIEN 2010

스크린세이버에는 여전히 마르벨라에서 찍은 사진이 떠 있었다. 바닷가 얕은 물속에서 페이가 딸을 양팔로 들어 올리고 있다. 둘 다 웃고 있지만, 화면 속 웃음은 어딘가 억눌린 듯했다. 바닷물에 젖은 구릿빛 피부, 햇빛에 반짝이는 팔과 다리. 출산 후 몇 달밖에 지나지 않았지만, 그때의 몸이 지금보다 훨씬 나았다. 허리는 잘록했고 팔과 허벅지는 탄탄했다. 스페인에서 돌아온 지 3년이 넘은 지금, 체중은 최소 10킬로, 어쩌면 15킬로는 늘었을 것이다. 페이는 오래전부터 체중계를 피하고 있었다.

페이는 웹 브라우저를 열었다. 검색창에 '포르노'를 입력했다. 기록들이 날짜별로 차례로 나타났다. 그의 지난 몇 달간의 성적 환상이 낱낱이 드러났다. 마치 그의 욕망을 정리한 백과사전 같았다.

10월 26일, "러시아 십대가 거대한 자지에 박히다", "마른 십대가 잔혹하게 당한다."포르노 업계의 제목들은 적어도 솔직했다. 에둘러 표현하지도 포장하지도 않았다. 그저 있는 그대로. 남자들이 진짜로 원하는 것을 숨기지 않았다.

야크는 포르노를 줄곧 봐왔기에 "남편은 절대 그런 걸 안 봐요"라고 말하는 친구들을 경멸했다. 현실 부정이었다. 동영상 속 소녀들은 마르고 순종적이었다. 남편은 그런 여자를 좋아했다. 어쩌면 남자들이 다 그런 건지도 몰랐다. 최근 한 달 동안, 그는 같은 영상을 여덟 번이나 반복해서 봤다.

재생 버튼을 눌렀다가 곧 영상을 닫으며 페이는 속으로 말했다. 원한다면 그대로 해주지. 방을 나서며 시계를 봤다. 9시 반. 비행기는 곧 도착할 시간이었다. 그는 VIP 서비스를 이용했으니 금세 공항을 빠져나올 것이다.

페이는 평소와는 다른 메이크업을 했다. 거칠고 어린 티가 나게. 볼에 붉은색을 과하게 바르고 마스카라를 듬뿍 칠했다. 서랍 맨 아래에서 오래된 분홍 립스틱을 꺼내 발랐다.

페이는 얇은 회색 넥타이 하나를 골라 느슨하게 매고 검정색 돌체 앤 가바나 안경을 썼다. 거울 속 그녀는 열 살은 젊어 보였다. 피엘바카를 떠나던 그 시절의 자신 같았다. 완벽했다.

페이는 아이의 방으로 가서 딸의 공책과 분홍색 솜뭉치가 달린 연필을 가져왔다. 부엌으로 나가 와인을 더 따르려다 멈췄다. 대신 아이의 플라스틱 컵 서랍을 열었다. 헬로키티 컵에 뚜껑과 빨대가 달려 있었다. 와인을 그 안에 붓고 뚜껑을 닫았다.

현관문에서 열쇠 돌리는 소리가 났을 때, 페이는 《이코노미스트》를 읽는 척하고 있었다. 그는 조용히 들어와 신발을 벗었다. 수제 이탈리아 구두가 형태를 잃지 않도록, 삼나무 블록을 안에 끼워 넣었다. 그는 냉장고 문을 조심스레 열었다. 아내와 아이가 자고 있다고 생각하는 듯했다.

페이는 거실 어둠 속에서 지켜보았다. 마치 창 밖에서 낯선 남자를 엿보는 사람처럼. 이제는 누가 보고 있지 않다고 생각해서일까, 그는 약간 구부정했고 어딘가 느슨했다. 그 미묘한 변화는 즉시 감지됐다.

냉장고 불빛이 야크의 얼굴을 비췄다. 페이는 시선을 뗄 수 없었다. 여전히 그를 사랑했다. 그의 넓은 어깨, 큰 손, 그 손이 곧 자신을 터치할 것을 상상하며 몸이 떨렸다. 아마 그 갈망이 그녀를 조금 움직이게 했던 모양이다. 그가 반짝거리는 오븐문에 비친 아내의 형체를 보았기 때문이다. 야크는 움찔하며 몸을 돌렸다.

"깨어 있었어?"

그 목소리에는 놀라움이 섞여 있었다. 잘 다듬어진 눈썹 사이에 깊은 주름이 다시 생겼다. 대답하지 않은 채 그를 향해 몇 걸음 다가갔다. 그의 시선이 페이의 몸을 훑었다. 야크가 그렇게 바라본 건 정말 오랜만이었다.

"이리 와요."

냉장고 문을 닫자 부엌은 다시 어둠 속으로 가라앉았다. 그러나 창밖 도시의 불빛이 서로를 알아볼 만큼은 환했다. 그는 손등으로 입을 훑듯 닦고는 몸을 앞으로 기울여 키스하려 했다. 페이는 고개를 돌리면서 그를 의자에 앉혔다. 이제 페이가 주도권을 쥐고 있었다. 그가 치마로 손을 뻗자 페이는 그 손길을 툭 치듯 떼어냈다가, 한 박자 뒤에 그의 손을 자신의 무릎 뒤로 이끌어 놓았다. 페이는 치마를 들어 올려 레이스 속옷이 보이게 했다.

그는 영화처럼 속옷을 옆으로 젖히는 대신 한 번에 찢어 버렸다. 페이는 더 크게 숨을 토했다. 탁자 위로 상체를 기울이며 허리를 꺾는 순간, 그는 바지 단추를 풀고 속옷과 함께 아래로 내렸다. 그녀의 머리칼을 움켜쥐며 그는 몸 전체를 기울여 목덜미를 거칠게 물었다. 비행에서 묻어온 위스키 냄새에 오렌지 주스의 단내가 섞여 코끝을 스쳤다. 페이의 발을 벌리게 하더니, 뒤에서 그녀 안으로 밀고 들어왔다.

그의 동작은 거칠고 성급했다. 약간의 통증이 있었다. 그러나 그 아픔은 오히려 해방처럼 느껴져, 다른 모든 것을 잊고 감각에만 몰두할 수 있었다.

"나올 때 말해요."그녀는 차가운 탁자에 뺨을 붙인 채, 립스틱 자국을 남기며 신음했다.

"지금." 그가 거친 숨 사이로 내뱉었다.

그는 숨을 몰아쉬며 자신을 페이의 입으로 밀어 넣었다. 양손으로 페이의 머리를 감싸 쥐고 더 깊이 밀었다. 그녀는 고개를 틀지 않으려 했다. 매번 그래왔던 것처럼 그저 받아들이는 일인 것이다.

그녀의 머릿속에는 얼마 전 보았던 장면이 겹쳐졌다. 그가 절정에 이르자, 페이는 그 포르노 속 '선생'이 소녀를 취하던 순간에 지었던 것과 똑같은 표정이 그의 얼굴에 번지는 것을 보면서 묘한 만족을 느꼈다.

"어서 오세요." 페이는 힘겹게 웃으며 말했다.

그들이 부부로서 마지막으로 잠자리를 가진 때들 가운데 하나였다.

스톡홀름, 2001년 여름

스톡홀름에서의 첫 몇 주는 외로웠다. 고등학교를 졸업하고 2년 뒤에는 피엘바카를 떠났다. 밀실 공포증 같던 그 작은 곳을 하루라도 빨리 벗어나고 싶었다. 숨이 막혔다. 가진 것이라곤 1만 5천 크로나와 전 과목 수석 성적표뿐이었다.

더 빨리 떠나고 싶었지만 생각보다 오래 걸렸다. 집을 팔고 주위를 맴도는 유령들을 지워야 했다. 아픈 기억이다. 어린 시절 살던 집을 거닐면 사방에 유령이 비쳤다. 세바스티안의 엄마, 그리고 무엇보다 아버지.

피엘바카에 남은 건 가십과 죽음뿐이었다. 그때 내 곁엔 아무도 없었다. 지금도 마찬가지다. 나는 뒤돌아보지 않고 짐을 싸 스톡홀름행 기차에 올랐다. 그리고 다시는 돌아오지 않겠다고 맹세했다. 스톡홀름 중앙역에 도착하자마자 쓰레기통 앞에서 휴대폰의 심카드를 빼 던졌다. 과거의 어떤 그림자도 따라오지 못할 것이다.

여름 내내 외스테르말름의 '펠토베르스텐' 아파트에서 방을 얻어 살았다. 동네 사람들은 고개를 저으며 "사회민주주의 탓이야, 우리 아름다운 외스테르말름을 망쳐 놨어"라고 투덜댔지만, 시골 출신의 내 눈엔 그저 멋져 보였다.

나는 처음부터 스톡홀름을 사랑했다. 화려한 건물들, 짙은 녹음의 공원, 세련된 자동차들. 언젠가는 그 건물 중 한 채에서 남편과 아이들 그리고 강아지와 살게 되리라 믿었다. 내 남편은 작가, 혹은 음악가일 것이다. 세련되고 지적인 남자에다가 패션감각도 있을 것이다. 타인에겐 조금 엄격할지라도 내게는 그렇지 않을 것이다. 그를 이해하는 유일한 사람이 내가 될 테니까.

그 긴 첫날 밤, 스톡홀름의 거리를 헤매며 보냈다. 문 닫힌 클럽가 뒷골목에서 싸움이 벌어졌다. 고함과 울음과 웃음의 잔향이 맴돌고 저 멀리 구급차 사이렌이 들렸다.

그 무렵이 내 인생이 진짜로 시작된 때였다. 과거는 여전히 발목에 쇠사슬처럼 매달려 나를 짓눌렀지만, 내 몸의 모든 세포가 호기심으로 진동했다. 마침내 평생 꿈꾸던 도시에 도착한 것이었다. 그리고 천천히, 스톡홀름은 내 도시가 되었다. 그 도시는 나에게 치유와 망각의 가능성을 주었다.

그날 밤 화장을 하고 술을 마셨다. 진, 위스키 등. 맛은 끔찍했지만 상관없었다. 내가 원하는 건 망각의 취기였다. 술기운이 좀 오르자 원피스를 입고 스투레플란으로 걸어갔다. 여름의 향기에 도취된 사람들이 길 건너 나이트클럽 줄에 섰다.

그때 뒤에서 웃음소리가 났다. 나와 비슷한 또래 두 남자가 경비원에게 다가가 악수를 나눴다. 바로 그 순간 그들 중 한 명이 뒤돌아 사람들을 훑다 나랑 눈이 마주쳤다. 나는 시선을 돌리고 가방을 뒤져 담배를 찾았다. '스톡홀름 나이트클럽에 처음 온 시골 소녀'처럼 보이고 싶지 않았다. 도둑맞은 진의 취기 속에서.

그가 다가왔다. 짧게 깎은 머리, 파란 눈, 약간 튀어나온 귀. 베이지 셔츠에 청바지를 입고 말했다.

"나는 빅토르예요. 혼자 왔어요?"

나는 대답하지 않았다.

"난 이름이 없어요."

"나도 없어요."

문 앞 경비원이 로프를 들어 올렸다. "어서 오세요."

빅토르는 내 손을 잡고 사람들 사이로 이끌었다. 어둠, 번쩍이는 조명, 쿵쿵 울리는 저음, 뒤엉킨 몸. 우리는 바텐더에게 인사했다.

"뭐 마실래요?"

입안에 달고 끈적한 맛이 남아 있었다. "맥주요."

"좋아요. 난 맥주 마시는 여자가 멋지던데."

"멋지다니요?"

"응, 진짜. 솔직하고 당당하고."

그가 하이네켄을 건네며 병을 들어 건배했다. 나도 웃으며 병을 부딪쳤다.

"꿈이 뭐예요, 마틸다?"

"누군가가 되는 거요." 망설임 없이 대답했다.

"이미 누군가잖아요?"

"다른 누군가요."

"아무 문제없어 보여요."

빅토르는 음악에 맞춰 고개를 끄덕이며 몸을 흔들었다.

"그럼 당신의 꿈은요?"

"나? 그냥 음악하고 싶어요."

"음악가예요?"

음악에 묻힌 그의 목소리에 귀를 대 묻자 그는 말했다.

"디제이예요. 근데 오늘은 쉬는 날. 내일은 저기 위에 서요."

빅토르가 가리킨 무대 위에서 또 다른 남자가 디제잉하고 있었다. 잠시 후 그가 다가와 자신을 악셀이라 소개했다. 빅토르보다 차분하고 덜 위험해 보였다.

"반가워요, 마틸다."

악셀이 음료를 주문하고 사라지자 빅토르와 나는 다시 건배했다.

"내일 친구들이랑 작은 파티 하는데 와요."

"글쎄요." 잠시 생각하는 척하다가 물었다.

"근데 왜 나를 데려가고 싶었어요?"

그는 내 표정을 읽으며 맥주 두 병을 더 시켰다.

"당신이 예쁘고 외로워 보여서요. 후회돼요?"

“전혀요.”

그가 담배를 꺼내 하나 건넸다. 손끝이 스쳤다. 따뜻했다.

“당신 눈엔 슬픔이 있어요. 알아요?”

“무슨 뜻이에요?”

“우리가 항상 행복하면 세상이 멈출걸요.”

나는 대답하지 않았다. 진심인지 장난인지 알 수 없었다. 그때 술이 확 올랐다. 기념품 하나쯤은 가져가야겠다 싶어 그에게 입을 맞췄다. 맥주와 말보로의 쓴맛, 부드럽지만 뜨거운 키스.

“우리 집에 갈래요?”그가 속삭였다.

그리고 장면은 현재로 돌아온다.

야크는 남색 가운을 입고 주방 식탁에 앉아 《다켄스 인더스트리》[1]를 읽고 있었다. 페이가 들어왔지만 눈길조차 주지 않았다. 회사 일로 바쁜 그는 주말 아침만큼은 혼자 있고 싶어 했다. 네 채를 합쳐 만든 400㎡짜리 아파트는 그가 '혼자 있고 싶을 때'마다 숨 막히게 느껴졌다. 페이는 아직도 그런 날엔 어떻게 해야 할지 몰랐다.

페이는 오늘 오전을 남편과 함께 보낼 거라 상상했다. 침대에 나란히 누워 텔레비전을 보며 웃고 그가 한 주의 이야기를 들려주고 함께 유르고르덴[2]을 거닐던 예전처럼.

그녀는 식탁 위 아침 식사 흔적을 치우고 있었다. 아이가 남긴 시리얼은 젖어 축축했고 냄새에 헛구역질이 났다. 빵 부스러기가 흩

1　Dagens Industri, 스웨덴의 경제신문
2　Djurgården, 스웨덴 스톡홀름 중심부에 위치한 섬으로 참나무 숲이 매력적인 휴양지이다.

어져 있었고 버터를 바른 빵 한쪽만 남아있었다.

"떠나기 전에 정리 좀 하면 안 돼?"

그가 신문에서 눈을 떼지 않은 채 말했다.

"주말에도 가사도우미가 필요하진 않잖아?"

"미안해요."

방금 조깅을 마친 그는 아르마니 향을 풍겼다. 페이는 신문을 읽고 있는 야크를 바라봤다. 키 크고 잘생긴 성공한 남자였지만, 여전히 소년 같았다. 그가 진짜 어떤 사람인지 아는 이는 오직 그녀뿐.

"머리 좀 다듬어야겠어요."

"집중해야 돼. 매번 미용실 갈 시간이 없어."

마지막으로 머리를 자른 게 언제였는지 기억나지 않았다.

"그 일, 이야기해줄래요?"

"무슨 일?"

"콤파레요."

"이제 당신은 비즈니스를 모르는데. 이런 건 감이 생명이야."

페이는 결혼반지를 만지작거렸다. 입을 다물었더라면, 하루의 분위기가 망가지지 않았을 것이다.

"스웨덴 산업부 장관이 누군지나 알아?"

"미카엘 담베리."

그의 눈빛이 변했다. 왜 말했을까. 가만있었어야 했다.

"좋아, 그럼 곧 새로운 법이 시행되는 건 알아?"

알고 있었지만 고개를 저었다.

“그럴 줄 알았어. 이제 우린 구독 만료 한 달 전에 알림을 보내야 해. 예전엔 자동 연장됐지. 그게 뭔 뜻인지 알아?”

물론 알았다. 레아산도 AB, 콤파레가 소유한 전력회사는 고객의 20%를 잃을 것이다. 매출 5억, 흑자 2억이 줄어들겠지. 하지만 사랑했기에 말하지 않았다. 그저 고개를 저었다.

그는 신문을 다시 들며 말했다.

“그러니까 제발 내가 읽게 놔둬.”

야크는 다시 숫자, 주가, 신주 발행, 기업 인수의 세계로 돌아갔다. 그 세계는 그녀가 경영대학원에서 공부하다 포기한 세계였다. 남편을 위해, 회사를 위해, 가족을 위해.

페이는 행주를 헹궈 싱크대의 빵조각과 시리얼 찌꺼기를 걷어내 쓰레기통에 버렸다. 그때 그가 신문 넘기는 소리가 뒤에서 났다. 그녀는 조용히 찬장을 닫았다. 방해하지 않으려.

스톡홀름, 2001년 여름

빅토르 블룸은 목덜미에 옅은 갈색 점이 있었고 햇볕에 그을린 넓은 등을 드러낸 채 깊이 잠들어 있었다. 우리가 누워 있는 방을 천천히 바라볼 시간은 충분했다. 커튼이 없는 창문으로 햇살이 들어와 하얀 벽 위에서 프리즘처럼 춤을 추고 있었다.

여름 동안 빌린 아파트는 예르데트의 브란팅스가탄에 있었고 밖에는 나무 의자와 테이블, 검은 숯불 그릴이 있는 정원이 보인다. 테이블 위에는 담배꽁초로 가득한 환타 캔이 하나 놓여 있었다. 안

쪽 방에서는 악셀이 코를 골았다.

나는 아래층에서 커피를 내리고 현관 바닥에 던져져 있던 핸드백에서 담배를 꺼냈다. 커피잔과 담배를 들고 정원 의자에 앉았을 때, 눈앞에는 공원이 펼쳐져 있었다. 아직 낮은 햇살이 눈을 찔러 눈을 가늘게 떠야 했다.

어젯밤 빅토르가 오늘 열리는 파티에 같이 오라고 말한 건 그냥 한 말이었을 것이다. 하룻밤을 보내기 위한 말. 사실 그런 말을 너무 많이 들어왔다. 그도 즐거웠고 나도 그랬지만, 그건 그렇게 끝내야 했다. 나는 담배를 환타 캔에 비비며 끄고 자리에서 일어났다. 바로 그때, 뒤에서 문이 열렸다.

"여기 있었네."

빅토르가 잠긴 목소리로 말했다. "담배 하나 줄래?"

나는 담배 한 개비를 건넸다. 그는 내 자리에 앉아 햇살에 눈을 찡그렸다. 나도 옆에 앉았다.

"이제 가야겠어."

그는 고개를 돌려 공원을 바라보더니 뜻밖의 말을 꺼냈다.

"왜 가?"

"여긴 내 집이 아니잖아."

"그게 뭐 어때서?"

"너랑 악셀 둘 다 내가 계속 있는 걸 원치 않을 거야. 그냥 그랬던 거잖아. 어젯밤 일은."

그는 말없이 공원을 바라보다가 천천히 말했다.

"난 네가 좋아. 진짜로. 조금 더 있다 가면 좋겠어. 세븐일레븐

가서 주스랑 크루아상을 사올게. 낮에는 좀 볕 쬐고 저녁엔 피자 시켜 먹자."

"좋아." 나도 모르게 대답이 나왔다.

말벌 한 마리가 얼굴 가까이로 날아왔고 나는 손으로 쫓았다. 말벌 따위는 무섭지 않았다. 세상에는 더 무서운 것들이 많았으니까.

그날 저녁, 일곱 시가 되자 사람들이 속속 모여들었다. 빅토르는 금세 사람들 틈에 섞였고 나는 악셀과 마당 테이블에서 담배를 피웠다. 잠시 후 두 여자가 나왔다. 율리아와 사라. 율리아는 녹색 눈과 긴 갈색 머리를 가진 예쁜 여인이었고 사라는 금발 머리를 대충 묶은 채 하얀 민소매와 청치마를 입고 있었다.

"가을 생각만 하면 미치겠어."

율리아가 담배 연기 속에서 한숨을 쉬었다.

"대학 그만두고 싶다고 하면 아빠가 난리야. 난 룬드가 싫어."

"불쌍하다." 사라가 연기를 원형으로 내뿜었다.

"차라리 '한델스'[3]에 들어갔으면 좋았을 텐데. 어쨌든 오늘은 즐기자."

율리아가 허리를 펴고 나를 보았다. 이제서야 내가 거기 있는 걸 알아챈 듯했다.

"넌 뭐 해?"

나는 헛기침을 했다. "지금은 그냥, 별거 안 해."

---

3   Handelsbanken, 스웨덴 2위 은행이자 세계에서 가장 안전한 은행으로 평가받는다.

“그래도 공부할 거지?”

“응. 아직 결과 기다리는 중이야.”

“악셀은 어떻게 알아?” 사라가 물었다.

“빅토르를 어제 바에서 만났어.”

“어제 잤어?”

나는 고개를 끄덕였다.

둘은 말없이 담배를 끝까지 피운 뒤 자리에서 일어났다. 떠난 후 악셀이 말했다.

“율리아는 빅토르 전 여자친구야.”

“전?”

“석 달 전에 헤어졌어. 오늘 처음 다시 만나는 거야.”

술이 돌자 율리아는 점점 신경질적으로 나를 바라봤다. 나는 빅토르를 껴안은 채, 율리아를 노려봤다.

“오늘 밤, 우리 집에 올래?”

“응, 네가 원한다면.”

빅토르는 대답 대신 미소로 충분히 말했다.

그 순간 피엘바카의 눈초리, 수군거림, 동정과 혐오의 시선을 떠올렸다. 여기서는 아무도 나를 모른다. 그러나 화장실에서 율리아가 내게 술잔을 던졌을 때, 모든 것이 다시 스멀스멀 올라왔다. “이 시골년 창녀 같으니.”

웃음소리와 시선 사이에서 나는 다시 예전의 나로 돌아갔다. 하지만 이번에는 다르다고 다시는 그렇게 하지 않겠다고 다짐했다.

일주일 뒤, 합격 통지서가 도착했다. 스톡홀름 경영대학원, 합격. 나는 그 서류를 복사해서 율리아의 집 주소를 찾아가 사진 한 장을 함께 넣었다. 내가 네 발로 엎드려 있고 빅토르가 내 뒤에 있었다. 우편함에 넣으며 생각했다. 다시는, 누구에게도 나를 짓밟히게 하지 않겠어.

한 달 후, 이름을 바꿨다. 마틸다는 사라졌다. 이제 나는 '페이'였다. 엄마가 사랑했던 소설 속 영국 여인의 이름을 나의 새로운 이름으로 삼았다.

현재, 스톡홀름 리셰[4] 레스토랑

웨이터 한 명이 페이의 등 뒤로 재빨리 지나갔다. 아마도 몇 테이블 떨어진 곳에 앉은 배불뚝이 남자들에게 가는 길이었을 것이다. 하긴, 그들도 모두 스테이크 한 점만 더 먹으면 심장마비가 올 듯한 얼굴을 하고 있었으니 그럴 만했다.

페이는 마주 앉은 알리세를 바라봤다. 처음 알리세와 그녀의 상류층 친구들을 만났을 때, 페이는 속으로 '거위들'이라고 불렀다. 그녀들의 임무는 남편을 위해 알을 낳는 것, 즉, 후계자를 낳고 그 아이들을 구찌로 장식된 날개 아래 감싸 보호하는 일이었다. 아이들이 고급 유치원에 들어가면, 그다음은 '취미 생활'을 해야 했다. 요가. 네일 관리. 저녁 파티 준비. 가정부와 보모 관리하기. 다이어트.

---

4   Riche, 스톡홀름의 유명 레스토랑으로, 사회적 지위를 과시하는 장소로 자주 언급된다.

야크는 그들과 '좋은 관계를 유지하라'고 했다. 특히 헨리크의 아내 알리세와. 따라서 그 '거위들'을 정기적으로 만나야 했다. 물론 유대감 따윈 없었다. 하지만 그들은 원하든 원치 않든 남편들의 '특별한 우정'으로 얽혀 있었다. 그 우정은 한 경제 잡지에서 '비즈니스적 결속'이라 표현된 바 있다.

알리세 베르겐달은 스물아홉 살로 페이보다 세 살 어렸다. 열 살짜리 아이처럼 가느다란 허리, 그리고 하이디 클룸을 닮은 긴 다리를 가졌다. 게다가 이미 두 아이를 낳았다. 진통 중에도 웃음을 잃지 않았겠지. 그리고 진통 사이사이에 태어날 아기를 위해 귀여운 모자 하나쯤 뜨고 있었을지도. 알리세는 아름다우면서도 사교적이기도 했다.

알리세가 '작은 모임'을 열어 모든 '거위들'이 부부 동반으로 참석해야 했다. 남편 없이 가면 알리세의 '블랙리스트'에 오르게 된다. 그건 스톡홀름 상류사회에서의 관타나모 수용소와도 같았다. 오늘 알리세가 또 다른 '롱 다리의 여자'(이리스)를 데려왔다. 그녀의 남편 예스퍼는 금융 트레이더였다. 그들 사이에서는 '가난한 축'이었지만, 미래가 유망한 신흥 부자 후보였다. 남편의 성공 여부에 따라 이리스의 운명은 몇 달 안에 결정될 터였다.

그들은 샐러드 반 접시씩과 카바5 와인 석 잔을 주문했다. 조심스레 작은 한입씩 먹으며 미소 지었다. 주제는 언제나 같았다. 아이들 이야기. 그들의 세계에서 '남편'과 더불어 유일하게 허용된

---

5 포도주의 한 종류로 스페인에서 샴페인 제조법을 사용하여 제조한 스파클링 와인

대화였다.

"예스퍼가 이번 부활절에 휴가를 냈어요."

이리스가 말했다.

"결혼한 지 4년 동안 한 주 이상 쉰 적이 없었거든요. 그런데 며칠 전 갑자기 세이셸 여행을 가자고 하더라고요."

"좋겠네요."

그녀가 말했다. 하지만 속으로는 예스퍼가 왜 그런 '보상 여행'을 준비했는지 궁금했다.

식당은 만석이었다. 창가 자리는 관광객들 차지였다. 유명 방송인, 정치인, 예술가를 발견하면 서로에게 흥분된 속삭임을 건넸다. 하지만 진짜 권력자들, 즉 무대 뒤에서 줄을 잡고 있는 사람들은 몰랐다.

"세이셸은 정말 멋져요."

알리세가 말했다.

"뭔가 이국적이잖아요. 그런데 요즘 안전은 어떤가요?"

"세이셸… 거기 중동 쪽이죠?"

이리스가 불안하게 물으며 접시 위의 아보카도 조각을 이리저리 굴렸다.

그녀는 웃음을 참으려 또 카바를 마셨다.

"그렇잖아요, 대충 그 근처죠? IS인가 뭔가… 그런 거 있잖아요."

이리스가 덧붙였다.

알리세는 페이의 웃음소리에 얼굴을 찌푸렸다.

"괜찮을 거예요."

이리스는 가볍게 웃으며 말했다.

"예스퍼가 나랑 오르바르를 위험에 빠뜨릴 리 없잖아요."

'리틀 오르바르'?

페이는 속으로 코웃음을 쳤다.

누가 자기 아이에게 매독 걸린 해적 같은 이름을 지어준단 말인가. 물론 페이의 딸 이름 율리엔도 꽤 잘난 척하는 이름이긴 했다. 하지만 그건 야크의 제안이었다. 세련되고 국제적으로 통할 이름이어야 한다는 이유로.

"그래요, 당연히 위험에 빠뜨리진 않겠죠."

알리세가 샐러드 잎을 씹으며 말했다. 하지만 30번은 씹어야 한다는 건강 잡지의 조언 덕분에, 마치 되새김질하는 소처럼 보였다. 페이는 자신의 접시를 내려다봤다. 샐러드를 다 먹었는데 여전히 배가 고팠다. 옆 테이블의 남자들이 시킨 스테이크, 미트볼, 파스타가 눈에 들어왔다. 그들은 배를 자랑스럽게 내민 부자들이었다. '가난한 남자들이 뚱뚱하다면, 부자 남자들은 '풍채가 있다.'고 불렸다.

알리세 앞에서는 미트볼에 으깬 감자 같은 음식은 금기였다.

"이리스, 납치라도 한번 당해보는 게 어때요?"

페이가 말했다.

"그게 진짜 슈퍼 다이어트래요. 요가 매트 정도는 챙겨줄지도 몰라요."

이리스는 얼굴이 굳었다.

"그런 농담은 안 돼요. 끔찍한 일이잖아요."

알리세가 고개를 저었다.

페이는 한숨을 내쉬었다.

"세이셸은 인도양에 있는 섬이에요. 지금 우리가 있는 데가 오히려 중동에 더 가깝죠."

순간, 식탁 위에 정적이 내려앉았다.

그때 이리스가 몸을 앞으로 숙였다.

"저기… 저 사람 봐요?"

페이가 고개를 돌리자, 야크가 좋아하는 가수 욘 데센티스가 서 있었다. 한때 잘 나갔지만 지금은 가십지에나 이름이 오르내리는 퇴물 연예인이었다. 그는 가죽 재킷 차림의 젊은 여자와 함께 앉으며 말했다.

"맥주 두 잔이요. 일단 그걸로 시작할게요."

알리세는 인상을 찌푸렸다.

"이런 사람한테도 자리를 주다니, 이곳도 참 수준이 떨어졌네요."

페이는 그를 주의 깊게 바라봤다.

야크의 생일 파티에서 노래를 불러준다면 완벽할 것이다. 페이는 자리에서 일어났다.

"실례합니다. 저는 페이에요."

욘이 그녀를 위아래로 훑어봤다.

"안녕, 페이. 괜찮아요, 방해 아니에요."

"남편 야크가 4월에 생일이에요. 파티를 여는데, 그가 당신을 정말 좋아해요. 혹시 그때 노래 몇 곡 불러주실 수 있을까요?"

"야크 아델헤임? 그 사업가 말인가요?"

그의 표정이 밝아졌다.

"그래요, 좋습니다. 몰랐네요, 그가 제 음악을 좋아한다니."

그녀는 웃었다.

"당신의 CD를 다 가지고 있어요. 실물 CD로요!"

욘은 미소 지었다.

"비즈니스 잡지 인터뷰에서는 차마 그런 얘긴 못하겠네요."

그의 여자친구는 한숨을 쉬며 자리에서 일어났다.

페이는 그녀 자리에 앉았다.

옆 테이블의 알리세와 이리스가 믿을 수 없다는 듯 쳐다보고 있었다.

"연락처 좀 주시겠어요?"

"물론이죠. 번호 주세요, 제가 문자 보낼게요."

잠시 후 그녀의 휴대폰에 메시지가 도착했다.

작은 깜빡이는 스마일 이모티콘 하나.

"뭐라고 했어?"

알리세가 속삭였다.

"야크 생일파티에서 노래 부를 거야."

페이가 말했다.

"그 사람?" 알리세가 경악했다.

"야크가 싫어할 거야. 그날은 비즈니스 인사들도 있을 텐데, 보기 안 좋다고."

"내 남편이 뭘 좋아하는지 모른다고 생각해요?"

"당신 일이나 신경 써요, 알리세."

페이는 리세를 나서며 코트를 여몄다. 브로비켄에서 불어오는 찬 바람이 얼굴을 때렸다. 하늘은 잿빛이었다. 거리의 사람들은 고개를 숙이고 바삐 걸었다. 숄더만 백화점의 세일은 거의 끝나가고 진열장은 텅 비어 있었다.

그때 붉은색 포르쉐 박스터가 갑자기 멈춰 섰다. 창문이 내려가고 크리스 뉘달이 운전대를 한 손으로 잡은 채 몸을 조수석 쪽으로 기울였다.

"태워줄까?"

페이는 잠시 주위를 둘러봤다. 하지만 구찌-필리피옹코르나[6] 즉 그 잘난 여자들은 아직 거기 남아 있을 터였다. 그리고 그 순간, 자신이 크리스를 얼마나 그리워했는지 깨달았다. 그녀의 거침없는 유머, 호탕한 웃음소리, 미친 듯이 놀았던 밤들에 대한 황당한 일화들. 두 사람은 떼려야 뗄 수 없는 친구였다. 페이는 문을 열고 차에 올라탔다. 표범 무늬의 가죽 시트가 삐걱거렸다.

"멋진 차네."

그녀가 말했다.

"정말 은근히 눈에 안 띄는 스타일이야."

크리스는 조수석 밑에 쌓여 있던 쇼핑백들을 아무렇게나 집어들더니, 뒤쪽에 있는 작디작은 공간에 대충 던져 넣었다. 그때 옆 차가 빵! 하고 경적을 울렸다.

"빌어먹을 새끼."

---

6 『무민』에 나오는 괴팍한 여성 캐릭터로, 여기서는 명품으로 치장한 허영심 많은 부류의 여자들을 조롱하는 말이다.

크리스는 그렇게 말하며 백미러를 향해 손가락 욕을 날리고 차를 다시 출발시켰다. 그 후로도 크리스는 남자들을 일회용품처럼 다뤘다. 페이는 크리스가 깊이 상처받았다는 걸 알고 있었고 여전히 어떤 의미에서는 헨리크를 그리워하고 있다는 것도 느꼈다. 물론, 크리스는 그런 감정을 인정하지 않을 사람이었다. 재산이 늘어날수록, 헨리크는 마치 잃어버린 시간을 되찾으려는 사람처럼 행동했다.

크리스는 진지한 표정으로 목소리를 낮췄다.

"콤파레의 아이디어는 네가 낸 거야. 그런데 마치 전부 그들만의 공로인 것처럼 떠들잖아. 너는 왜 집에 있니? 그건 낭비야."

무언가 더 말하려는 찰나, 페이 말을 끊었다.

"그만해. 난 지금이 좋아."

크리스는 모든 걸 비틀어서, 마치 그가 나쁜 사람이라도 되는 것처럼 만들었다. 그녀는 모른다. 그가 딸 율리엔을 위해 얼마나 긴 시간을 일에 바쳐야 하는지를. 콤파레의 성공은 야크와 헨리크의 이야기로 남는 게 더 나았다. 그들도 알고 있었다. 그걸로 충분했다.

크리스는 가족이 없었다. 그래서 몰랐을 것이다. 가족이 어떤 의미인지, 그 책임이 얼마나 무거운지.

"좋아, 네 말이 맞기를 바랄게."

크리스가 말했다.

"만약 너를 떠난다면? 아이가 태어난 후엔 혼전계약서를 수정했지? 혹시 모르잖아."

페이는 크리스가 자신을 걱정해주는 게 조금 귀엽다고 생각했다.

크리스의 말투는 느리고 단호했다. 마치 아이에게 설명하듯.

페이는 숨을 깊게 들이쉬었다.

'누가 누구더러 불행하다고 하는 거야?' 그런 생각이 스쳤다.

"우린 이혼 안 해. 지금까지 이렇게 행복했던 적이 없어."

크리스는 잠시 말이 없었다. 그러다 손을 들어 항복하듯 말했다.

"미안해, 네 말이 맞아. 내가 또 쓸데없이 오지랖 부렸네."

"재밌는 얘기 좀 해볼까? 우리 둘이서 어디 놀러 갈까? 주말에, 딱 둘이서."

"좋지."

페이가 말했다.

시계를 보고는 서둘러 일어났다.

"이제 가야 해. 야크한테 먼저 물어봐야겠어."

크리스는 장난스럽게 손가락으로 입맞춤을 날렸다.

페이는 택시를 부르며 달려 나갔다.

크리스는 잠시 그대로 앉아, 조용히 페이의 뒷모습을 바라보았다.

스톡홀름, 2001년 8월.

나는 침대에 앉아 일기를 썼다. 감정을 글로 쏟아내는 일은 매번 작은 해방이었다. 이제 더 이상 '마틸다'는 존재하지 않았다. 과거는 봉인되었다. 누군가 가족에 대해 묻는다면 늘 같은 말만 했다.

"부모님은 교통사고로 돌아가셨어요. 형제자매는 없어요."

사실이었으니까.

세바스티안은 자꾸 꿈에 찾아왔다. 손을 뻗으면 닿지 않는 거리에 서서 매번 나를 바라보았다. 눈을 감으면 그의 냄새가 코끝에 맴돌았다.

꿈에 세바스티안이 나온 날이면, 나는 땀에 젖어 깼다. 너무 선명해서 무서울 정도였다. 짙은 머리칼, 맑은 파란 눈, 아버지를 닮은 얼굴. 그런 밤이면 다시 잠들기까지 오래 뒤척였다.

그래도 '페이'라는 새 이름은 내게 힘을 주었다. 다른 사람들 앞에서 나는 당당할 수 있었다. 무엇보다 감옥에서 오는 아버지의 편지가 우리 집을 찾지 못한다는 사실이 좋았다. 한 번도 열어보지 않았지만, 봉투 위 아버지의 필체를 보는 그 순간만큼은… 그 공포를 잊을 수가 없었다.

아버지는 더 이상 존재하지 않는다. 오직 마틸다의 세계에만 남아 있다. 꿈만 아니었다면, 나는 내 거짓말을 스스로 믿었을지도 모른다. 하지만 세바스티안은 밤마다 찾아왔다. 처음엔 살아 있는 얼굴로 나를 응시하다가 다음 순간엔, 허리에 걸린 벨트에 목이 매달린 채로.

일요일 아침.

페이는 아이의 아침 식사 흔적을 빠르게 치웠다. 물론 주방이 진주만 수준은 아니었지만, 그가 무슨 말을 할지 잘 알았다.

"아침에 엉망인 주방을 보는 건 별로야."

페이는 야크와 주말 여행 이야기를 꺼내지 않기로 했다. 말해봤자 싸움만 될 게 뻔했다. 많은 부부들이 겪는 '그 시기'가 온 것이다. 좋은 남편도 일에 치이다 보면 가정에 소홀하다는 걸 알고 있었다.

페이는 자신의 삶을 떠올렸다. 세계에서 가장 부유한 나라의, 그 중에서도 상위 1%의 삶. 일할 필요도, 돈을 걱정할 필요도 없고, 등원 시간에 쫓길 일도 없었다. 반면 그는 막대한 책임을 짊어지고 있었다. 그래서 가끔 냉정하고 무뚝뚝했다.

페이는 믿었다. 일시적인 거라고. 언젠가 돌아올 거라고.

"내가 이렇게 일하는 게 좋아서 그러는 줄 알아?"

야크가 입버릇처럼 하던 말.

"나도 식구들과 함께 하고 싶어. 곧 그렇게 될 거야, 사랑해."

그 말이 마지막으로 언제였는지 기억나지 않았지만, 약속은 아직 유효하다고 믿었다.

아이는 소파에 앉아 아이패드를 보고 있었다. 페이는 가장의 수면을 방해하지 않도록 무선 이어폰을 꽂아주었다.

그는 잠귀가 밝았다. 그래서 딸에게 늘 말했다.

"아침엔 조용해야 해."

페이는 딸 옆에 앉아 머리카락을 쓸어 올렸다. 또 〈겨울왕국〉. 아마 천 번째였을 것이다. TV를 켜고 볼륨을 줄였다. 딸의 따뜻한 체온이 팔에 닿았고 이 평온함이 좋았다.

그때 침실 문이 열렸다. 걸음 소리로 그의 기분을 읽으려 했다.

"여기 좀 올래?"

그가 낮게 말했다.

페이는 서둘러 주방으로 갔다.

"왜 그래요?"

"이게 뭐야?"

"뭐가요?"

페이는 무슨 문제인지 알지 못했다. 하지만 이미 주변의 분위기가 차갑게 내려앉고 있었다.

"이건 아침에 빵을 만들고 싶은 주방이 아니야."

야크는 대리석 조리대를 훑었다. "적어도 나는 그래."

그의 손바닥에 빵 부스러기 몇 개가 붙어 있었다. 심장이 귓가를 때렸다. 페이는 서둘러 행주를 잡아 표면을 닦고, 부스러기를 모아 싱크대로 털고, 물과 세제를 짰다. 그리고 행주를 다시 걸고 브러시를 가지런히 놓았다.

"커피 줄까요?" 페이가 부드럽게 물었다.

페이는 그의 취향대로 진한 롱고와 거품을 약간 더한 에스프레소를 준비했다.

"헨리크네 집에선 하루에 1시간만 태블릿을 쓰게 한 대. 남은 시간에는 피아노, 발레, 테니스를 배우고 책도 읽고. 발레는 일주일에 서너 번이나 한대."

"우리 애는 축구하고 싶대요."

"안 돼. 여자애 다리 망가지는 거 몰라? 게다가 변두리 팀이면 어떤 아빠들이 있는 줄 알아? 심판한테 욕하고 소리 지르고."

"그래요."

“‘그래요’가 뭐야?”

“…축구 안 시킬게요.”

페이는 그의 가슴에 손을 얹고 손끝을 아래로 천천히 내렸다.

“그만해.”

오븐 문에 비친 자신의 팔은 창백하고 늘어진 살덩이처럼 보였다. 페이는 욕실 문을 닫고 옷을 벗은 뒤 거울 앞에 섰다. 가슴은 시든 튤립처럼 축 늘어져 있었고, 배는 살짝 나왔으며 허벅지는 희고 물컹했다. 엉덩이를 조이면 셀룰라이트가 움푹 팬 달 표면처럼 드러났다. 얼굴은 창백했고 머리카락은 윤기를 잃었다. 오늘부터 달라질 거야. 결심했다. 건강식, 하루 두 번 운동, 와인은 끊고 그가 올 때까지 야식도 금지.

문 밖에서 그가 노크했다.

“곧 나올 거야?”

“금방요.”

잠시 침묵 뒤, 그가 말했다.

“수요일 저녁에 나가서 밥 먹자. 우리 둘이서만.”

순간 눈물이 차올랐다.

페이는 황급히 옷을 입었다.

“좋아요.”

두 시간 뒤, 페이는 칼라플란 슈퍼마켓 고기 코너 앞에 서 있었다. 명품 코트, 울음 섞인 아이들, 냉장고 팬 소리, 젖은 모피의 냄새. 여기서는 절대 인조 모피 따위는 입지 않았다. 유일하게 허용

되는 '합성'은 스텔라 매카트니처럼 비싼 것뿐.

페이는 오리 가슴살을 집어 계산대로 갔다. 막스가 있었다. 셔츠 아래 팔근육이 선명했다.

그가 고개를 돌려 미소 지었다.

"오늘도 스톡홀름에서 제일 예쁜 여인은 기분이 어때요?"

뺨이 뜨거워졌다.

그가 모든 여자에게 말하는 멘트일 수도 있지만, 지금은 페이를 보고 있었다.

페이는 가벼운 발걸음으로 집에 돌아왔다.

장바구니를 정리하는데 야크의 목소리가 들렸다.

"그 옷 입고 나갔어?"

"왜요?"

"그런 추리닝으로 나가면 어떡해. 아는 사람이라도 만나면?"

"막스는 좋아하던데. 나보고 '스톡홀름에서 제일 예쁜 여자'래요."

페이는 실수했다는 걸 깨달았다.

"농담입니다, 아무 감정 없는 거 당신 알잖아요."

그는 코웃음을 치며 서재로 들어갔다.

페이는 이상하게 안도했다. 가슴이 쿵 내려앉았지만, 한편으로는 기뻤다.

아직 질투하네.

밤, 아이는 잠들고 둘은 침대에 누워 있었다. 그는 무릎 위에 노트북을, 페이는 TV를 켜고 있었다.

"소리 줄일까요?"

"아니." 그는 건조하게 대답했다.

화면 속 사회자가 한 여자를 소개했다.

"이사 야콥손이네?"

"맞아요."

"예전엔 예뻤는데. 지금은 늙어서 볼품이 없어졌네"

그가 잠든 뒤, 페이는 아이폰 불빛을 손으로 가리며 위키피디아를 열었다.

이사 야콥손, 나보다 두 살 어리다.

스톡홀름, 2001년 8월

파티의 마지막 행선지는 황량한 공업지대에 있는 오두막이었다. 한쪽 구석에는 임시로 만든 바가 서 있었고 정원에서는 슐라거음악[7]이 쩌렁쩌렁 울려 퍼졌다. 조금 지나자 사람들은 서로에게 키스했고 일부는 룸으로 짝지어 사라졌다. 나는 막 술이 깬 상태였고 옆에서 하품을 하는 크리스를 흘끗 바라보았다.

빅토르가 메시지를 보냈다. 지금 뭐 해? 짧은 문장 하나에 저절로 웃음이 번졌다. 며칠 전 우리는 그의 새 아파트로 이사가는 얘기를 했었다. 어차피 내가 빌린 작은 원룸엔 가지도 않았으니까.

"시내로 나가서 진짜 놀자."

크리스가 말했다. 나는 학생판 소돔과 고모라 같은 광경을 바라

7　독일어권에서 시작된 대중음악으로, 단순하고 귀에 쏙 들어오는 멜로디와 감상적인 가사가 특징이다. '히트곡'이라는 뜻의 독일어에서 유래했다.

보다가 물었다.

"나도 같이 가도 돼?"

"물론이지. 택시 부를게. 우리 집 들러서 좀 꾸미자."

원룸은 35제곱미터 남짓, 옷가지가 방 안을 점령하고 있었다. 침대는 정리되지 않았고 벽에는 아무런 장식도 없었다. 다만 벽 선반 위에서 빽빽이 꽂힌 교재들만 있었다. 어떻게 이런 애가 스톡홀름 경영대학원에 붙었을까 생각했는데, 책상 위에 무심히 던져진 종이 한 장, 대학입학 시험 점수는 만점이었다. 놀랍지도 않았다.

우린 서둘러 샤워를 했다.

"가슴 진짜 예쁘다." 크리스가 감탄했다. "몸도 완벽해."

"고마워." 나는 쑥스러워하며 대답했다.

"속옷 좀 빌릴게?"

내 낡은 브래지어를 흔들며 말했다.

"브래지어가 왜 필요해? 페라리를 덮개 씌우고 몰거야? 세상의 모든 여자와 남자를 위해 좀 해방시켜."

"브래지어를 불태우라고?"

"그래, 시스터!"

크리스는 자신의 브래지어를 머리 위로 돌리며 외쳤다.

나는 웃음을 터뜨렸다.

"어디로 갈까?"

"경영대학 근처 거기 진짜 괜찮은 남자들 많아. 금수저 말고 스스로 뭔가 해보려는 놈들. 이거 입어봐."

거의 손수건에 가까운 회색 천 조각이었다.

"행주야?" 내가 비틀며 들어 올리자, 크리스가 말했다.

"그래야 더 타오르지."

나는 짧은 드레스에 몸을 밀어 넣었다.

"완벽해! 이래도 못 자면 평생 못 자겠다."

"남자친구 있어."

"나도 있어."

크리스가 내 머리를 손질하며 말했다.

"너 지금 막 상경한 시골 소녀 같아."

이윽고 우리는 술집으로 들어섰다. 약속대로 바 안은 경영대학 학생들로 붐볐다.

"자리 잡아. 내가 맥주 사올게."

나는 가장 안쪽에 자리를 잡았다. 오아시스의 노래가 울려 퍼졌다. 유리잔이 손에 닿자 서늘했고 거품은 두껍게 흘러내렸다. 하루 종일 마신 술로 머리가 지끈거렸지만, 맥주 한 모금에 금세 가라앉았다.

크리스가 내 잔에 하트를 그렸다.

"왜 그래?"

"행운을 불러온대."

나는 그 하트를 지웠다. 행운 따위는 내 인생에 존재하지 않았다.

그때 두 사람이 들어왔다.

"너 지금 내 말 듣고 있어?"

"응."

크리스가 고개를 돌렸다. "저 사람 누군지 알아?"

"아니, 알아야 돼?"

"야크 아델헤임."

그것이 모든 것의 시작이었다.

저녁 7시 반. 페이는 딸아이를 베이비시터 요한나에게 맡기고, 남편이 사랑하던 라펠라 속옷 위에 검은 돌체앤가바나 드레스를 걸쳤다.

"정말 예쁘세요."

요한나의 말에 페이는 웃으며 한 바퀴 돌았다. 거실 쪽에서는 아이가 요한나에게 머리를 땋아달라고 재잘거리고 있었다. 페이는 그 모습을 가만히 보다가 입술을 세게 깨물었다.

요한나가 돌아간 뒤, 아이가 칭얼거리기 시작했다. 페이는 참고 참다 마침내 아이의 어깨를 움켜쥐고 흔들었다.

"그만해!"

순간 방 안이 얼어붙었다. 놀란 아이의 눈동자 속에서, 페이는 오래전의 자신을 보았다.

며칠 뒤에는 동네 백화점 안을 천천히 걸었다. 쇼윈도, 마네킹, 조명, 차가운 공기, 모든 것이 완벽하게 정돈된 세계였다. 주스 다이어트로 허약해진 몸이 휘청거렸다. 인류는 달에 갔고, 히틀러를 이겼고, 브리트니 스피어스도 돌아왔는데… 나는 왜 이 배고픔 하나 못 참는 거지? 스스로를 타이르며 옷의 보풀을 쓸어냈다. 그때 방송인 리사 야콥손이 다가와 상냥하게 인사했다.

"남편분 대단하시죠. 뒷바라지하시느라 고생 많으세요."

그 말에 페이는 잠시 안도했다. 나는 아직 누군가에게 필요하다. 그러나 리사가 떠나자 곧바로 공허가 밀려왔다. 리사는 야크 같은 남자를 위해서라면 기꺼이 가정을 버릴 여자였다.

엘리베이터를 타고 향수 코너로 내려가서 분홍빛 병을 들어 코끝에 댔다. 달콤하고 익숙한 향인데, 어디서 맡았는지는 기억나지 않았다. 그때 휴대폰이 울렸다.

"다시 연락 없던데요."— 욘 데센티스.

페이는 짧게 답했다. "이미 다른 가수를 섭외했어요."

잠시 뒤 또 메시지가 왔다.

"잠깐 이야기할 수 있을까?"

"안 돼요. 영화 볼 거예요."

페이는 스스로도 놀랐다. 왜 그런 말을 했을까. 하지만 '누군가 자신을 기다린다'는 사실이 이상하게도 위로처럼 느껴졌다.

리골레토 극장. 무거운 문을 열자 욘이 벤치에 앉아 있었다.

"왔군요. 또 펑크 낼 줄 알았어요."

페이는 잠시 머뭇거리다 그의 옆에 앉았다. 욘은 가죽 재킷을 팔에 걸치고 손에는 팝콘통을 들고 있었다.

"무슨 영화 보죠?"

페이는 포스터 속 브래들리 쿠퍼의 푸른 눈을 가리켰다.

"왜 만나자고 한 거예요?"

"느낌이… 진짜로 왔어요. 그게 다예요."

영화가 시작됐다. 어둠 속에서 욘의 시선이 느껴졌다. 페이는 핸드백을 꽉 움켜쥐었다. 야크는 왜 아직도 답을 안 하지? 불안과 결핍이 뒤엉켜 밀려왔다. 그리고 무의식적으로 손을 뻗었다. 욘의 바지를 스치고 단추를 풀었다. 페이는 눈을 감았다. 야크, 이건 당신이야. 절정의 순간, 스피커에서 브래들리 쿠퍼의 목소리가 울렸다. 페이는 눈을 떴다. 방금 전의 쾌락은 흔적도 없이 사라지고, 낯선 남자의 체온과 자기 자신에 대한 선명한 혐오만 남아 있었다. 페이는 자리에서 일어나 가방을 들었다. 뒤돌아보지 않았다.

스톡홀름, 2001년 8월

"야크 아델인지 뭔지, 그 사람이 그렇게 특별해?"
크리스가 맥주를 가져오자 내가 물었다.
"아델헤임." 크리스가 자리에 앉으며 말했다. "농담이지?"
"응. 잘생겼다는 거."
"귀족이야. 집안 평판은 좀 구겨졌지만."
그때 야크 일행이 우리 쪽으로 다가왔다. 자리를 찾는 눈치였다.
크리스가 눈을 크게 뜨며 입술을 꽉 깨물었다.
"이쪽으로 오고 있어." 내가 속삭였다.
"젠장! 쳐다보지 말고 웃어, 제일 웃긴 농담 들은 것처럼!"
야크 일행은 우리가 웃음을 멈출 때까지 기다렸다.
"여기 앉아도 될까요? 방해하진 않을게요."
야크가 물었다. 그의 뒤편에서 친구는 초점이 약간 풀린 눈으로 서 있었다.

"그럼요."크리스가 시큰둥하게 고개를 들었다.

"헨리크."

"마… 페이요."아직 새 이름에 익숙지 않았다.

허물을 벗는 일은 생각보다 훨씬 어려웠다.

나는 몸을 돌려 야크와도 악수를 나눴다. 잘생겼다. 하지만 내겐 빅토르가 있었다.

"반가워요."

크리스가 미국 대통령 조지 W. 부시에 대해 어떻게 생각하느냐고 물었다. 나는 『다겐스 뉘헤테르』 사설을 요약하는 수준으로 짧은 평을 늘어놓았다. 곧 야크와 헨리크가 대화에 뛰어들어 언쟁을 벌였다. 브라이언 애덤스의 노래가 울려 퍼져 그들의 말은 흐릿하게 들렸다.

바텐더가 마감 30분 전이라고 마지막 주문을 외쳤다. 크리스가 몸을 비틀었다.

"화장실 좀."

헨리크가 재빨리 일어나 길을 터줬다. 그는 다시 내게 몸을 돌렸다.

"오늘 밤 계획은?"

나는 잠깐 망설였다. 여전히 답이 없는 빅토르의 메시지를 힐끗 확인했다.

"글쎄요. 크리스가 더 놀자고 해서 따라가려고요. 두 분은요?"

헨리크는 필요 이상으로 '지금'에 몰입하는 사람이었다.

“내 집에서 이차 하려고. 같이 갈래요?”

“아마도요. 먼저 크리스한테 물어볼게요.”

“그래요.” 그의 파란 눈은 내가 시선을 돌릴 때까지 떨어지지 않았다.

“공부해요?”

짙은 속눈썹이 파란색을 더 선명하게 감싸고 있었다. 테이블 아래에서 우리의 허벅지가 스쳤다.

“경영대학원 다녀요.” 나는 태연한 척 맥주를 한 모금 했다.

“그래요? 나도요. 1학년?”

“네.”

나는 빈 맥주잔을 굴리며, 크리스가 왜 이렇게 오래 걸리는지 생각했다.

“어때요? 재미있어요?”

빅토르는 이렇게 직선적이지 않았다. 그래서 그가 편했다. 헨리크의 눈길은 마치 내 속을 들여다보는 것 같았다.

“좋아요.”나는 말을 고르듯 대답했다. “아직 일주일밖에 안 돼서요.”

그때 크리스가 돌아와 우리를 흥미롭게 훑어보았다.

“야크 맞죠?”

내가 확인하자 야크가 고개를 끄덕였다.

“헨리크네에서 이차한다고 우리도 나가기로 하지 않았나요?”

내 진짜 속내가 드러났다는 걸 나는 느꼈다. 크리스도 느낀 듯했다. 잠시 나를 바라보다 어깨를 으쓱했다.

"뭐, 그럴 수도 있고. 먼저 춤이나 출래."

"스투레콩파니에트[8] 어때?" 헨리크가 끼어들었다.

"줄 서긴 싫어." 크리스가 한숨 쉬며 붉은 머리를 털었다.

"괜찮아. 그가 처리하지."

"그럼." 야크는 내게서 눈을 떼지 않은 채 말했다.

"문제없어."

야크가 일어나 내게 손을 내밀었다. 나는 휴대폰을 힐끗 봤다. 여전히 아무 메시지도 없다.

헨리크가 칵테일과 샷을 주문했다. 사람들은 서로의 귓가에 소리치며 침을 튀겼다. 여자들은 짧은 드레스나 톱과 미니스커트를, 남자들은 파스텔 셔츠에 청바지나 치노[9]를 입었다. 크리스에게 빌린 드레스 차림의 나도 꽤 먹혔다. 남자들의 시선이 몸을 훑었다. 평가당하고 있다는 걸 알았지만, 그 주목이 달콤했다.

"원래 저렇게 사라져?"크리스가 음악에 어색하게 몸을 흔드는 헨리크에게 물었다.

"응. 다 아니까." 그가 한숨 쉬다 표정이 환해졌다.

"근데 너희가 와줘서 다행이다. 혼자 서 있을 뻔했거든!"

"다들 그를 아는 거야?" 내가 물었다.

"아니. 가끔은 나도 그를 모르겠어."

헨리크가 빨대를 물고 한 모금 넘겼다.

"아무도 그를 붙잡지 못해. 그래서 매혹적인 거지. 거기에 귀족

---

8   Sturecompagniet, 스웨덴 스톡홀름의 스투레플란 지역의 유명한 나이트클럽이다.
9   바지의 일종으로 능직으로 짠 면을 주로 쓰기 때문에 원단의 조직점이 사선으로 난다.

신분과 퇴폐적인 가정사가 없으니까.”

화장실을 갔다가 돌아온 야크는 나와 크리스의 허리에 각각 팔을 둘렀다. 따뜻한 손바닥의 체온이 느껴지고 엄지가 앞뒤로 미세하게 움직였다. 작은 전율이 몸을 타고 번졌다.

“춤 안 춰?” 그가 웃으며 물었다. “헨리크, 왜 데리고 안 나가? 내가 다 해야 돼?”

“나, 춤은…”

“알지. 나도, 그리고 이 도시의 모든 나이트클럽 주인도 잘 알아.” 그가 윙크했다. 헨리크가 붉어졌지만, 둘 사이의 공기는 편안했다.

샷잔이 넷 나왔다. “내가 낼게.”

바텐더가 그의 어깨를 두드리고 다음 주문으로 돌아갔다.

야크는 빈 잔을 내려놓고 다시 내 허리를 감싸, 손을 옆구리 따라 배 쪽으로 옮겼다. 나는 크리스를 흘끗 봤다. 눈치채지 못한 듯 헨리크와 이야기 중이었다. 술이 죄책감을 잠재웠다. 지금, 여기, 그의 손이 내 몸에 닿아 있다는 사실만이 중요했다.

갑자기 빅토르가 떠올랐다. 나는 빅토르를 사랑한다고 믿고 있었다. 크리스와의 막 싹튼 우정도 망치고 싶지 않았다.

야크에게는 나를 무장해제 시키는 뭔가가 있었다. 바로 그 순간 알아차렸다. 이건 시작되기도 전에 끝내야 한다는 걸.

“이만 갈게요.” 나는 반쯤 남은 잔을 바에 내려놓았다.

“벌써? 이차 하기로 했잖아.”

“집에 가야 해요.” 나는 단호히 말했다. “내 남자친구한테.”

“남자친구가 있구나.” 그가 가볍게 농담조로 말했지만, 나는 그의 눈에 스친 실망의 빛을 본 것 같았다. 아니, 어쩌면 내 희망사항일지도.

“그래요.”

“그래도 난 너랑 갈래.”

“네?”

그가 내 뒤를 가리켰다. 돌아보니, 크리스와 헨리크가 키스마 혀 껴안고 있었다. 크리스는 그의 뒤통수를 붙잡아 더 깊숙이 끌어당겼다.

나는 야크를 다시 보았다.

“간다. 나중에 봐요.”

그가 내 팔을 잡았다.

“잠깐. 집까지 바래다줄게. 어디 살아?”

“예르데트. 아니, 남자친구네 집에 가서 잘 거예요. 왜요? 당신, 아까 그 여자들 중 아무나 데리고 가도 되잖아요.” 나는 슈가베이브스의 히트곡에 맞춰 몸을 흔드는 여자 무리를 턱으로 가리켰다.

“아니, 당신을 데려다주고 싶어. 너는 달라”

“달라요, 내가?”

속이 뭉클해졌다. ‘다르다.’는 말은 늘 다른 의미로 나를 찔렀다.

“그래.”그가 말했다.

“그리고 네 이름, 마음에 들어. 너한테 잘 어울려.”

그는 작은 소년처럼 간절한 눈으로 올려다보았다. 나는 한숨을 내쉬었다.

"좋아요. 그럼 우리 집으로 가요. 다만 문 앞까지만."

그가 환하게 웃었다.

클럽 밖 반달 모양으로 모여 있는 인파를 헤치고 우리는 스투레가탄을 걸었다. 아무 말도 하지 않았지만, 침묵은 편안했다. 택시 한 대가 스쳐 지나갔다. 내가 야크를 흘끗 보자 그는 작게 웃었다.

"무슨 회사 하려는 건데요?"

"아직은 없어. 좋은 아이디어만 잡히면 사업계획 세우고 투자자 구해서 백만장자 될 거야."

"투자자요?"

"응. 스스로 해내고 싶어서. 아버지랑은 연락 안 해. 엄마는 새 남자랑 스위스에 살고… 크리스마스카드 정도?."

말끝이 아주 미세하게 흔들렸다. 그 작은 떨림의 정체가 궁금해졌다.

"우린 서른 전에 경제적 독립하자고 약속했거든."

"회사 이름은요?" 나는 장난스럽게 웃었다.

그는 진지하게 받아들였다.

"후보는 몇 개 있는데 딱 꽂히질 않아."

그는 또 한 번 연기를 동그랗게 그렸다.

"콤파레 어때요?" 나는 잠시 생각하곤 말했다.

"자신감 있는 이름. 누구와 견줘도 밀리지 않는다는 뜻이니까요."

그가 멈춰 서서 나를 바라보았다.

"좋네." 천천히, 또렷하게 말했다.

그제야 겉옷을 안 가져왔다는 걸 깨달았다. 바람이 조금 차가워졌다. 어떤 건물에서 남녀가 비틀거리며 나왔다. 그가 갑자기 뛰어가 문이 닫히기 전에 발을 끼워 잡고, 나를 향해 과장스럽게 허리를 굽혔다.

"뭐 해요?" 내가 팔짱을 끼며 물었다.

"애프터 파티!"

"여기 사는 사람들 알아요?"

놀란 채 그를 따라 안으로 들어가며 물었다.

"곧 알게 될거야. 너도. 가자." 그가 손을 잡아 끌어올렸다.

"한두 잔만 하고 나가자."

"장난해?" 나는 킥킥 웃으며 따라갔다. "그냥 올라가서 초인종 누르면 된다고?"

"응."

그는 반쯤 뛰듯 계단을 올랐다.

"미쳤네."

나는 웃었다.

야크가 돌아서서, 번개처럼 짧게 내 입술에 입을 맞췄다. 바로 전기가 튀었다. 나는 잠깐 멈춰 깊게 숨을 들이쉬고서야, 그 집 문 앞까지 갈 수 있었다. 문패에는 '린드크비스트'라고 적혀 있었다. 초인종을 누르자 서른 살쯤 되어 보이는 여자가 문을 열었다. 뒤에서는 음악·웅성거림·잔 부딪는 소리·웃음이 한데 섞여 흘러나왔다. 그는 환하게 웃었고 나는 그의 넓은 등 뒤에 몸을 숨겼다.

야크가 말했다. "파티가 좋아 보여서요! 저랑 제 여자친구가 몸 좀 녹여도 될까요?"

그가 나를 '여자친구'라고 부르는 순간, 심장이 움찔했다. 여자는 호탕하게 웃으며 길을 비켰다.

"들어오세요. 전 샬로테예요."

신발은 벗지 않았다. 모두 신고 있었으니까.

샬로테는 우리를 샹들리에가 달린 큰 살롱으로 안내했다. 마흔 명쯤이 있었다. 샬로테가 샹들리에 아래서 잔을 들어 올렸다.

"얘들아! 여긴 야크랑 페이야. 우리 파티가 너무 좋아 보여서 올라왔대!"

여기저기서 웃음이 터지고 "환영해!", "술 좀 갖다 줘!" 같은 소리가 이어졌다. 어느새 나는 '아만다'라는, 약간 새는 발음을 가진 여성 변호사와 이야기를 나누고 있었다.

모두가 친절했고 세련되었다. 나는 금세 수줍음을 잊었다. '마틸다'라면 길을 잃었을 공간에서, '페이'는 사람을 사랑했고 수다를 좋아했고 샹들리에 아래서 커졌다 작아지는 소음의 파동을 사랑했다.

야크는 눈을 깜박이며 웃고 잔을 들어 보였다. 샹들리에 불빛 속에서 샴페인 거품이 반짝였다. 누군가 내 손에 샴페인을 더 쥐어주었다. 한 시간쯤 지나 사람들이 빠져나가기 시작했다. 창밖은 이미 밝아지고 있었다. 우리는 거의 마지막으로 집을 나섰다. 그는 반쯤 남은 와인병을 집어 들어 입을 대며 웃었다.

"길주."

"장물."

"에이."

그는 몇 모금 더 마시고 병을 내밀었다. 그의 입술이 닿았던 병목의 온기를 떠올리며, 미지근한 화이트와인에 그의 맛이 아주 옅게 섞여 있는 듯한 착각이 스쳤다.

도시를 걸으며 우리는 숨 돌릴 새도 없이 떠들었다. 그는 대화를 재연해 보였고 파티 손님들을 정확한 동작으로 흉내 냈다. 나는 크리스와 버스에서 만난 남자 이야기를 털어놓았다. 너무 빨리, 현관 앞에 닿았다. 말이 갑자기 끊겼다.

"그럼." 그가 다소 머쓱하게 말했다. "또 봐요."

"네."

"굿나이트 페이." 싼 할리우드 영화 같은 대사를 남기며 그는 몸을 돌렸다.

"잠깐!"

그가 걸음을 멈추고 고개를 돌려 머리를 쓸어 올리며 나를 보았다.

"응?"

"그… 아무것도 아니에요…"

야크가 몸을 홱 돌려 걸음을 재촉했다. 병을 높이 들었다.

그가 한 번 더 돌아보길 기다렸다. 마지막으로 눈을 맞추고, 손을 흔들고, 전처럼 달려와―이번엔 제대로―키스해 주기를. 아직도 그의 입술 감각이 남아 있었다.

야크는 담배에 불을 붙였고, 아무렇지 않게 칼라베겐 쪽으로 비스듬히 걸어 내려갔다. 그리고 왼쪽으로 꺾였다. 그리고 사라졌다.

페이는 한 손으로 아이를 잡고 다른 손으로 빈 손수레를 끌며 걸었다. 도우미가 이틀째 아파서, 오늘은 요리솜씨로 야크를 즐겁게 해주려 했다. 스파게티 볼로네세. 비결은 셀러리, 그리고 양파 세 가지. 거기에 아주, 아주 오래 뭉근히 끓이는 것이다.

예전에는 매주 월요일에 큰 냄비 가득 요리를 해 목요일까지 나눠 먹곤 했다. 그녀는 적양파, 노란 양파와 셀러리를 집어 들었다.

"카트 내가 끌래." 아이가 말했다.

"혼자 할 수 있겠어?"

"그럼요오." 아이가 눈을 굴렸다.

"좋아."

페이는 카트 손잡이를 딸아이에게 건네고 잠깐 아이의 머리를 헝클어주며 바라보았다.

"무거우면 바로 말해."

그리고 고기를 사러 냉장 코너로 걸음을 옮겼다. 아이가 카트를 끌고 따라왔다. 페이는 필요한 것들을 챙겨 계산대로 향했다. 『익스프레센』을 한 부 집어 들고 카트에 담긴 물건을 다시 확인했다. 주스 단식은 오래전에 포기했고 사흘 만에 빼낸 체중은 이미 도로 돌아왔다. 조금 더 얹어서.

앞줄의 여자가 생리대를 올려놓았고 계산원이 그걸 바코드기로 찍어내는 순간, 페이는 생리 날짜를 넘겼다는 사실을 깨달았다. 꽤 많이. 생리는 벌써 2주 전에 왔어야 했다.

그들의 차례가 되었다.

"저기….." 그녀는 입구 쪽 작은 푸들을 보느라 정신 팔린 아이를 힐끗 보았다.

"임신 테스트기… 있나요?"

"저쪽 무인판매대요." 계산원이 가리켰다.

줄을 벗어나는 페이에게 여기저기서 한숨과 시선이 꽂혔다. 그녀는 테스트 키트를 두 개 집어 다시 계산대로 돌아왔다.

"총 489크로나입니다." 계산원이 상품을 찍고 말했다.

그녀는 아멕스 카드를 꺼내 결제했다.

"혹시, 막스는 오늘 쉬는지 아세요?"

계산원이 눈썹을 살짝 올렸다. 그리고 미소를 지은 것 같았다.

"막스는 잘렸어요. 손님들을 희롱했다나 뭐라나."

"그렇군요. 고마워요."

페이가 만약 임신이라면? 그는 어떻게 반응할까? 처음 만났을 때 그는 아이를 넷 낳고 싶다고 했다. 그럼 그녀 자신은? 더 원하나? 원한다. 특히 지금. 딸아이에게 동생이 생긴다면, 그 아이가 부부를 다시 가까워지게 만들지도 모른다. 아이에게도 좋을 것이다. 둘은 가장 친한 친구가 될 수 있다. 아이는 늘 언니나 여동생을 원했다.

페이는 생각을 밀어냈다. 자신이 어찌할 수 없는 일들을 붙잡고 있을 필요는 없다.

집에 올라오자 페이는 신문과 외투를 현관 바닥에 내던졌다. 그리고서 외투를 제자리에 걸고 장바구니를 부엌으로 옮겨 하나씩 꺼내기 시작했다. 아이가 방에서 아이패드를 들고 나와 소파 위에 벌러덩 눕는 게 보였다. 부츠도 벗지 않은 채로.

"소파 위에 누울 거면 신발부터 벗어."

대답은 없었다. 페이는 팬을 내려놓고 거실로 갔다. 젖고 더러운 겨울 부츠부터 벗기려 했다.

"싫어!"

아이가 허공을 찼다. 소파를 부츠로 차서 진흙과 때가 묻었다. 젠장, 야크 오기 전에 소파 커버를 빨아 급히 말려야 할 판이었다. 카펫에도 진흙이 묻었다.

"싫어! 싫어! 싫어!"

아이는 마구 발길질을 계속했다.

페이는 부츠를 벗겨내고 아이를 내려놓았지만, 율리엔은 또 소리를 지르며 소파 위로 몸을 날렸다. 그녀는 부엌으로 가 걸레를 가져와 돌아왔다. 다행히 소파의 지저분한 자국을 대충 지우고 고개를 숙여 카펫도 닦아내려 했다.

"그렇게 하면 안 돼."

"할 거야!"

페이는 마지막으로 카펫을 한 번 더 훑고 흘러내린 머리카락을 쓸어 넘긴 뒤 아이에게서 고개를 돌렸다.

"엄마는 뚱뚱해." 아이가 말했다.

그녀가 돌아섰다.

"뭐라고 했니?"

아이는 도전적인 눈빛으로 엄마를 바라봤다.

"뚱보." 작은 손가락으로 그녀를 가리켰다. "엄만 뚱보야."

그녀는 한 걸음 다가갔다.

"그런 말 하는 거 아니야."

"맞아, 뚱보야! 아빠가 그랬어!"

"아빠가… 엄마보고 뚱뚱하대?"

페이는 비틀거리며 자리를 떴다. 뒤에서 아이가 훌쩍이며 엄마를 부르는 소리가 들렸다. 그녀는 화장실로 들어가 문을 닫고 잠갔다. 몇 초 동안 이마를 문짝에 대고 서 있었다. 그리고 임신 테스트 키트를 꺼냈다. 아이가 바깥에서 문을 두드리며 소리쳤다. 속옷과 바지를 발목까지 내리고 변기에 앉았다. 이빨로 포장을 뜯었다. 시험지를 다리 사이에 들이대고 힘을 빼자, 따뜻한 소변이 스며들었다. 손가락에 튀는 것도 개의치 않았다. 문밖에서는 아이의 울음과 외침이 계속되었다.

스톡홀름, 2001년 9월

나는 버스 창밖으로 스쳐 지나가는 차들을 바라보았다. 공기는 눅눅하고 더웠다. 운전기사가 환기구를 열어두었지만 별다른 소용이 없었다. 옆자리에는 덩치 큰, 땀에 젖은 여자가 울먹이는 아이를 무릎에 올려 앉혀 있었다.

버스가 훔레고르덴을 지났다. 우리가 함께 걸었던 곳. 그 8월의 밤을 마음속으로 수백 번이나 다시 생각했다. 그 뒤로 자주 크리스가 '차이나타운'이라고 부르던, 상델스회스콜란과 노라 레알 사이의 그 동네로 갔다. 혹시 야크를 마주칠까 해서. 하지만 한 번도 나타나지 않았다.

페이는 거의 모든 시간을 크리스와 함께 보냈다. 둘 다 공부에 시간을 그리 많이 쓰지 않아도 됐다. 크리스는 시험에 '합격'만 하면 된다고 생각했고 나는 어릴 때부터 글을 몇 번만 읽어도 통째로 기억하는 버릇이 있었기 때문이다.

빅토르는 내 삶에서의 '주연'에서 '단역'으로 바뀌었다. 무엇이 달라졌는지 나 자신에게조차 딱 잘라 설명할 수는 없었지만, 내 감정은 식어버렸다. 그래서 거리를 두기 시작했다. 전화를 피했고 이틀, 사흘이 지나도록 답을 하지 않기도 했다.

빅토르는 내게 점점 더 매달렸다. 하루에 수백 번 전화를 걸었고 선물과 애정 표현을 쏟아부었다. 어디에 있느냐, 무엇을 하느냐 끊임없이 물었다. 그러다 갑자기 내 과거를, 내 가족을 캐묻기 시작했다. 대답하지 않았다. 무엇을 말할 수 있었을까? 하지만 이런 태도는 오히려 그를 더 절박하게 만들었다. 나는 그가 풀어야 할 암호가 되어버렸다. 그 암호만 풀면 내가 다시 그를 사랑할 거라 믿는 듯했다.

가장 나쁜 점은 빅토르가 착하다는 사실이었다. 잘생겼고 친절하며, 나를 공주처럼 대했다. 하지만 그는 야크 아델헤임이 아니었다. 결국 떠나야만 한다는 걸 깨달았다.

버스가 테신공원에 가까워지자, 내 마음에는 망설임이 없었다. 이제 끝내야만 했다.

"실례합니다, 여기서 내려요."

아이를 안은 여자는 지쳐 보였다. 꽉 조이는 티셔츠 아래로 군살이 접히고 그 군살은 청바지 위로 흘러넘쳤다. 아이는 침을 질질 흘렸다. 콧속의 초록 콧물이 포도송이처럼 매달려 있었다. 맙소사. 나는 절대 그런 엄마가 되지 않을 거야. 나와 그의 아이. 나는 흠칫 놀라며, 어처구니없는 백일몽에 얼굴이 붉어졌다.

문이 치익 소리를 내며 열리고 뜨거운 햇살이 나를 덮쳤다.

빅토르에게 더 이상 떨림은 없었다. 야크를 향한 갈망이 다른 모든 것을 덮어버렸다. 빅토르는 온실에서 자랐고 어려움 없이 자랐다. 그 순진함은 처음엔 매력이었지만, 지금은 그저 거슬릴 뿐이었다. 그는 인생에 대해 아무것도 몰랐다. 반면 나는 너무 많은 것을 알고 있었다. 빅토르는 내가 누구인지 전혀 몰랐다.

그는 청바지 셔츠에 밝은 치노바지를 입고 있었다. 활짝 웃으며 내 볼에 입을 맞췄다.

"보고 싶었어." 그는 팔을 내 어깨에 둘렀다.

"너, 공부를 너무 많이 하는 거 아니야? 어느 피자집 갈까? 발할라? 테오도라?"

"할 말이 있어." 내가 말했다.

"앉아서 이야기하자."

그를 초록 벤치로 데려갔다. 빅토르는 내 쪽으로 몸을 돌리더니 선글라스를 벗었다. 그리고 접어서 가슴 주머니에 넣었다. 눈길이 이리저리 흔들렸다.

"무슨 일 있어? 괜찮아?" 그는 다음 말을 모르는 척했다.

조금 떨어진 곳에서 알코올중독자 무리가 와인을 마시며 떠들고 웃었다.

"너랑 이제는 끝내야 해."

나는 애써 슬픈 표정을 지으려 했다. 빅토르는 허공을 멍하니 바라보았다.

"내가 뭘 잘못했어?"

그는 벤치 위에서 몸을 비틀었다.

"아니. 잘못한 건 없어."

나는 그의 눈을 마주 보기가 힘들었다.

"뭘 어떻게 하면 될까? 시간이 좀 필요해?"

그는 금방이라도 울 것처럼 보였다. 나는 우는 사람들을 감당하지 못한다. 내 인생은 이미 눈물로 가득했다.

"나는 더이상 사랑을 느끼지 않아."

"난 좋은데!."

빅토르는 내 손등 위로 자기 손을 포개며 주무르듯 문질렀다. 그러면 내가 마음을 바꿀 거라고 생각한 걸까. 사람들은 슬픔을 남에게 넘기려 든다는 데 있다. 나누면 가벼워질 거라 믿는다. 슬픔은 나눈다고 가벼워지지 않는다. 오히려 더 무거워질 뿐이다. 그리고 빅토르는 진짜 슬픔이 무엇인지 전혀 몰랐다.

"알겠어."그는 고개를 끄덕였다.

"그럼 우리 집에 같이 가서 얘기할 수는 없을까? 마지막 저녁, 딱 한 번만. 그다음엔 네 삶에서 사라질게."

나는 거절해야 한다는 걸 알았다. 집까지 짧은 거리를 걷는 동안 여러 번 마음이 흔들렸지만, 그래도 그에게 말할 시간을 주면 이별이 조금은 수월해질지도 모른다고 생각했다. 동시에 나는 괴로운 대화를 미루고 싶었다. 마음이 다른 사람을 향해 있어서 떠나야 한다는 건 분명했다.

잠시 숨 돌릴 여유를 만들려고 내가 피자를 사오겠다고 했다. 긴 밤이 될 것 같았고 우리 둘 다 먹을 것이 필요했다. 빅토르는 풀이 죽은 어깨를 하고 침대에 앉아 꼼짝하지 않았다.

"금방 올게."

지갑을 가방에서 꺼내고 현관문을 닫았다. '오늘 밤은 그에게 줄 수 있다.'고 나는 생각했다. '그다음엔 자유다.'

이십 분 뒤에 돌아왔을 때 빅토르는 이상한 눈빛으로 나를 보았다. 나는 원룸 테이블 위에 피자를 내려놓았다.

그는 침대에 앉아 있었는데 옆에는 낯익은 게 하나 놓여 있었다. 심장이 한 번 덜 뛰었다. 일기장이었다. 내 핸드백을 뒤진 것이다. 최근엔 아이처럼 끼적거린 낙서로 가득했던 노트. 하트 안의 야크 이름. 내 이름 뒤에 그의 성을 붙여본 어린애 같은 장난. 우스꽝스럽고 바보 같았다. 하지만 빅토르에겐 조금도 우스운 것이 아니었다.

"이제 네가 누구인지 알겠어."

그가 담담히 말했다. 목소리는 죽어 있었다. 그의 안에서 무언가가 부서진 것이다.

"네가 누군지 알아. 문제는 그 사람이 아느냐는 거지…"

'그 사람'이라는 단어가 고발처럼 날아왔다. 공포가 내 안에서 번졌다. 아무도 알면 안 된다. 일기장에 적힌 것은 내 예전 삶이다. 그 진실이 드러나는 순간 모든 것이 달라질 것이다. 나는 예전 마틸다였을 때 받던 그 시선을 다시 받아야 할 것이다. 같은 모욕을 또다시 경험해야 할 것이다.

"넌 바람을 피웠어. 야크 아델헤임이랑 잤지. 우리에 대해 아니? 남자친구가 있다는 사실을?"

우리가 자지는 않았다는 말, 그저 짧은 키스 한 번뿐이었다는 말은 아무 의미가 없을 것이다.

빅토르는 상처 입은 짐승 같았다. 분노와 절망으로 검게 그을린 눈. 나를 되찾기 위해서라면, 아니면 앙갚음을 위해서라면 무엇이든 할 수 있을 것 같았다. 그는 내 정체를 세상에 들추어낼 것이다. 그러면 '페이'라는 새 삶은 끝난다. 모든 게 끝난다.

빅토르가 나를 막을 수는 없었다. 여기에 오기까지 내가 치른 대가가 얼마나 컸는지, 그런데도 그는 판사라도 된 듯 앉아 있었다. 그가 모르는 고통, 내가 견뎌야 했던 행동들, 평생 떠나지 않을 환영들. 하지만 그 모든 건 내 안에만 묻어두었다.

남자들은 단순해서 조종하기 쉽다. 나는 빅토르의 곁에 앉아서 그의 손을 내 손으로 감쌌다. 엄지로 손등을 천천히 쓰다듬었다.

"하고 싶은 대로 생각해. 하지만 내가 바람을 핀 건 아니야. 오늘 밤, 마지막 밤을 주겠어. 원한다면 아침까지도. 그다음은 네 마음이야."

우리는 피자를 먹고 와인 두 병을 비웠다. 그리고 소파 위에서 사랑을 나눴다. 빅토르는 거칠고 거센 동작으로 나를 취했다. 그를 막지 않은 채 눈을 감고 야크를 생각했다. 그의 얼굴을 마음속 화면에 억지로 끌어다 놓았다.

나는 발코니에 나가 담배를 피웠다. 여름밤 도시의 불빛이 반짝였고 사람들 소리와 음악이 들렸다. 방으로 들어가니, 그는 입을 벌린 채 코를 골고 있었다. 살짝 건드렸는데도 반응이 없었다. 나는 불붙은 담배를 침대 위에 올려두었다. 값싸고 불이 잘 붙을 만한 침구에 불길이 옮겨 붙는지 잠시 서서 지켜보았다. 처음에는 그저 연기만 올랐다. 곧 불꽃이 일기 시작했다.

내 안의 냉기가 조금씩 풀렸다. 대신 공포가 기어들었다. 관자놀이가 쿵쾅거렸다. 나는 불길에서 눈을 떼고 서둘러 문으로 갔다. 문을 닫아 걸 때쯤에는 침대와 커튼에 동시다발로 불이 붙어 있었다.

거리로 나왔을 때는 토할 것 같았다. 스쳐 지나가는 사람들의 웃음소리는 너무 컸다. 하지만 내 가방은 손에 꼭 쥐어 있었다. 일기장은 다시 안전한 곳으로 돌아왔다. 그리고 나는 여전히 자유였다.

임신 테스트는 양성이었다. 페이의 배 속에는 태아, 새로운 생명이 있었다. 그는 늘 아들을, 후계자를 원해왔다.

페이는 아무것도 먹을 수가 없었다는 걸 그제야 깨달았다. 몇 시간째 공복이다. 난로 위의 라구 소스는 손도 대지 않은 채였다. 이제 먹을 것은 없었다. 아이에게는 영양이 필요하다. 그녀는 자리에서 일어나 난로로 갔다. 손가락으로 소스를 찍어 보니 아직 미지근했다. 접시에 파스타를 담고 라구를 듬뿍 얹었다. 부엌에 서서 한 접시를 다 비웠다. 마침내 먹을 수 있다는 사실이 너무도 달콤해서 눈시울이 뜨거워졌다.

체중은 아이가 태어난 다음에 걱정하면 된다. 지금 가장 중요한 건 두 사람 몫의 영양을 섭취하는 것이다. 지난번처럼 출산 직후 곧바로 운동을 시작하되, 수유가 끝나면 혹독한 다이어트를 하면 된다. 둘째는 새 출발이 될 것이다. 두 사람 관계에도, '여자'이자 '아내'로서의 자신에게도.

페이는 한 접시를 더 퍼서 식탁으로 가져갔다.

"놀랄 소식이 있어, 자기."

그녀가 말했다. "와서 앉아봐."

그가 한숨을 쉬었다.

"피곤해. 그 얘기, 나중에 하면 안 될까…?"

"아니, 지금."

더이상 기다릴 수 없었다.

그는 눈썹을 치켜올리고는 부엌 테이블에 앉았다.

"응?"

페이는 그에게 미소 지었다.

"나 임신했어, 자기. 우리 둘째가 생겼어."

그의 표정은 변하지 않았다.

"아들일지도 모르잖아." 그녀가 말했다.

페이는 배를 한번 쓸고는 다시 미소 지었다. 야크는 늘 그녀의 미소를 사랑한다고 전염된다고 말하곤 했다. 그런데 지금은 그저 피곤하다는 듯 얼굴을 쓸어내릴 뿐이었다.

"무슨 일이야?" 그녀가 물었다.

목구멍의 덩어리가 다시 부풀어 올랐다.

"지금은 안 돼, 페이. 더는 아이를 원하지 않아."

"무슨 뜻이야?"

그의 눈빛이 낯설었다.

"안 돼. 미안하지만, 너… 알잖아…"

그녀는 고개를 저었다.

"혹시… 내가 낙태하길 바라는 거야?"

그가 고개를 끄덕였다.

"그래. 지금은 정말 안 돼."

너무 불시에 들이닥친 소식이었다. 시간을 줘야 했다. 그가 일어섰다.

"괜찮지?"

"알겠어."그녀가 말했다.

그는 다가와 페이의 이마에 가볍게 입을 맞췄다.

"난 먼저 잘게."

침실로 향하던 그는 문턱에서 돌아보았다.

"내일 의사에게 전화할게. 가능한 한 빨리 처리하자."

침실 문이 닫히자, 페이는 벌떡 일어났다. 화장실로 가서 변기 뚜껑을 치켜올렸다. 스파게티와 라구 소스가 치밀어 올랐고 토마토의 맛이 쓴 담즙과 뒤섞였다. 물을 내리고 차가운 변기 위에 이마를 기댄 채, 눈물을 흘렸다.

나는 하루가 넘도록 죽은 듯이 자다가 전화벨 소리에 깼다. 악셀이 떨리는 목소리로 전했다. 빅토르가 침대에서 담배를 입에 문 채 자다가 죽었다고 했다. 눈물이 쏟아졌다. 온몸이 들썩일 만큼 훌쩍거렸다. 내가 그 일을 할 수밖에 없었다. 선택지는 없었지만 대가는 컸다. 언제나 컸다.

전화를 끊고는 무릎을 가슴께로 끌어안은 채 침대에 누웠다. 숨만 쉬었다. 들이마시고 내쉬고. 빅토르의 말이 아직도 귓가에서 울렸다. "난 네가 누군지 알아. 문제는 그가 아느냐는 거지…"

며칠 뒤, 창밖으로 굵은 빗방울이 쏟아졌다. 해방감이 들었다. 젖은 담요 같은 무더위를 빗줄기가 씻어냈다. 크리스는 부모님의 초대로 마요르카에 가 있고 나는 다시 홀로 남았다. 짧은 문자를 보내 빅토르 소식을 알리자, 크리스는 당장 돌아오겠다고 했지만 말렸다.

나는 미시경제, 거시경제, 통계, 재무분석에 파묻혔다. 오로지 학교뿐이었다. 최고가 되는 일. 모든 건 내 손에 달려 있었다. 누구도 대신해 줄 수 없었다. 그리고 결심했다. 전혀 다른 삶을 만들겠다고. 사업에 성공하고 비즈니스석으로 여행하고 떼돈을 벌고 멋진 남편(야크), 착하고 예의 바른 아이들, 영화와 책에서만 보던 그런 도시에 있는 집과 아파트. 나는 모든 걸 원했다. 그리고 가질 것이다.

침대 위 충전기 옆에 둔 전화가 울렸다. 침대에 비스듬히 누워 받앉다. 저장해 두지 않은 번호였다.

"여보세요?"

"헤이!"

"누구세요?" 그 목소리를 알아차렸지만, 모르는 척 물었다.

"나야. 야크. 야크 아델헤임."

나는 눈을 감았다. 들뜨지 않으려 했다.

"아… 안녕하세요."일부러 뜸을 들였다.

"방해했나?"

그는 들뜬 목소리였다. 즐거워 보였다. 뒤에서 음악 소리가 났다.

"아뇨. 무슨 일이세요?"

나는 태연한 척하며 등을 대고 누웠다.

"어디 같이 갈래? 오늘 밤에. 헨리크한테서 좀 벗어나고 싶어서."

"좋죠. 어디 바에서 볼까요?"

"바? 아니, 나는… 같이 떠나자고."

나는 웃었다.

"떠나요?"

"응, 며칠. 일요일에 돌아오자. 짐 챙겨서 중앙역으로 와. 바르셀로나로 가자."

"좋아요."나는 내가 숨을 멈추고 있다는 걸 그제야 깨달았다.

"정말 올 거야?"그가 놀란 듯 물었다.

"네."

"그럼 30분 뒤에 보자."

무엇에 고개를 끄덕였는지 깨닫기도 전에 전화를 끊었다. 그리고 벌떡 일어나 짐을 쌌다. 도착했을 때 우리는 취해 있었다. 알란 다에서부터 마시기 시작했고 유럽 상공을 날아오는 내내 술을 들이켰다. 택시 대기 줄에서 잠시 서성인 뒤 차를 잡았다.

"호텔 카탈로니아, 포르 파보르."

그가 뒷좌석에 앉으며 말했다. "엘본 지구에 있어요. 아세요?"

차가 출발하자마자, 그의 손이 내 허벅지를 스쳤다. 불이 붙는 것처럼 뜨거웠다.

"스페인어 하는 줄 몰랐어요."

"내가 어떤 사람인지는 아직 다 몰랐잖아." 그가 윙크했다.

"어떤 호텔이에요?"

"좋은 호텔."

나는 고개를 돌려 웃었다. 그에게서 실망한다는 게 과연 가능한 일일까.

초가을의 밤은 더웠고 습했다. 옷차림이 가벼운 사람들이 시원함과 저녁, 어울림을 찾아 거리를 떠돌았다. 창문을 내려 얼굴로 바람을 받았다. 사실 덴마크 말고는 스웨덴 밖으로 나가 본 적이 없었다. 가족과 자동차로 떠났던 단 한 번의 휴가. 지금은 생각하고 싶지 않았다. 바람이 얼굴을 씻어내리도록 두었다. 모든 기억을 새 걸로 바꿀 수 있다고 스스로를 달랬다. 몸의 세포가 매순간 바뀌어 가듯, 기억도 바뀔 수 있어야 한다고.

"난 이 도시를 사랑해. 여기 오면 숨쉬기가 훨씬 쉬워져."야크가 눈을 감았다. 길고 짙은 속눈썹이 부채살처럼 뺨에 그림자를 드리웠다.

“전에 와 본 적 있어요?”

그가 눈을 뜨며 나를 보았다. 가로등과 네온이 그의 파란 눈 속에서 반짝였다.

“두 번.”

다른 여자들의 허벅지 위에 손을 올려둔 채, 택시 뒷좌석에서 이런 약속을 나누었는지. 혹시 이게 야크 아델헤임의 정해진 레퍼토리일지도. 유혹의 매뉴얼. 하지만 상관없었다. 이 도시에서 그와 함께 보낼 사흘이 너무나 달콤했다. 쓸데없는 생각으로 시간을 낭비하고 싶지 않았다.

야크의 손을 잡고 싶었다. 꼭 쥐고 그의 눈을 들여다보며 그가 얼마나 근사한 사람인지, 함께 있게 되어 얼마나 기쁜지 말하고 싶었다. 하지만 나는 아무런 신호도 먼저 보내지 않기로 했다. 서두르지 않기로.

“다 왔어.” 그가 말했다.

유리문이 달린 흰색 정면. 그 위로 호텔 카탈로니아 보른이라는 큼직한 간판이 보인다. 젊은 직원이 달려와 우리 쪽 문을 돌아서 열어 주었다.

“그라시아스.” 나는 미소 지었다. 차에서 내리자마자 사라진 그의 손길이 벌써 그리웠다.

“배우는 속도가 빠르네!” 그가 계산을 하며 말했다.

우리는 엘리베이터를 타고 5층으로 올라갔다. 문을 열자, 그가 스위트룸을 잡아두었다는 걸 알았다. 나는 그런 곳을 본 적이 없었다.

"놀라워요"

"세상에, 제 원룸이 열 개는 들어가겠어요."

거대한 방 중앙에 소파와 플랫스크린. 옆에는 술이 가득한 드링크 카트. 바깥 벽은 통유리 파노라마 창으로 바뀌어 시야가 끝없이 열려 있었다.

두툼한 커튼 뒤의 테라스 문을 젖히고 나갔다. 벨벳 같은 온기. 아래로 도시가 반짝였다. 냄새와 소음이 한꺼번에 올라왔다. 어디선가 흘러나오는 기타 소리. 해변을 감싸 안은 듯, 바다는 어둡고 끝이 없었다.

"어때?" 그가 물었다.

그가 내 뒤에 서서 팔로 나를 감싸고 고개를 내 어깨 위에 얹었다.

"말문이 막혀요." 나는 돌아서 그의 눈을 마주했다. 입을 맞추고 옷을 벗겨내고 그를 욕조 안으로 밀어 넣고 올라타, 그를 내 안에 느끼고 싶었다.

"호텔 주인이 아는 사람이거든."그가 내 옆을 스치며 물을 만져 보았다.

"스웨덴 사람이에요?"

"응. 우리는 공짜야."

"농담이죠?"

"돈 얘기 가지고는 농담 안 해." 그가 웃었다.

"나가서 뭐라도 먹자?"

호텔을 나와 왼쪽으로 꺾었다. 순간 구두 굽이 자갈에 걸려 몸이 앞으로 쏠렸다. 그가 내 팔을 붙잡아 받쳐 주었다. 한 편으로는 방으로 돌아가 정신이 아득해질 때까지 섹스하자고 말하고 싶었다. 하지만 도시에 대한 호기심이 더 컸다.

골목마다 사람들이 모여 서 있었다. 쉰 웃음이 메아리쳤다. 검은 눈을 가진 축구 유니폼 차림의 남자가 다가왔다.

"하시시?"

그는 지폐 몇 장을 내밀고 작은 꾸러미를 받았다. 종이를 펼쳐 갈색 덩어리를 꺼냈다.

"맡아봐."

눈을 감고 달큰한 향을 들이마셨다. 나는 한 번도 해본 적이 없었다. 대마도, 담배와 술보다 강한 어떤 것도. 하지만 여기 바르셀로나에서, 야크와 함께라면, 너무도 자연스러웠다. 야크 자체가 모든 마약을 탐하게 만드는 마약이었다. 그는 종이를 곱게 접어 뒷주머니에 넣었다. 음악 소리가 커졌다.

작은 광장에 닿았다. 건물 벽을 따라 테이블과 의자가 빽빽하게 놓여 있었다. 사람들이 담배를 피우고 왁자지껄하게 떠들고 있다.

"여기?" 그가 가리켰다.

"좋아요." 나는 주변을 훑어보느라 식당을 고를 겨를이 없었다.

우리는 자리에 앉았다. 흰 셔츠에 검은 조끼를 걸친 웨이터가 오자 그가 타파스를 주문했다. 자신에겐 맥주, 내게는 모히토.

음료가 먼저 나왔다. 그가 앞으로 몸을 기울여 내 잔에서 민트 잎 하나를 집어 입에 넣었다.

"페이, 정체가 뭐야?"

"질문이 좀 더 구체적이어야죠."

"넌 모든 걸 가졌잖아. 예쁘고 술도 잘 마시고 똑똑하고. 헨리크
는 회사에 너를 파트너로 들이자는 말까지 해. 약점이 하나쯤은 있
을 거 아냐. 사실 넌 남자라든가? 아님 사팔뜨기?"

그는 일부러 테이블 밑을 훑어보는 시늉을 했다. 나는 웃으며 그
를 발끝으로 찼다. 탁자가 덜컹거렸고 그는 따라 웃었다.

"게다가 유머까지."그가 물었다. "여기 오길 잘했다고 느껴?"

그의 표정에 미묘한 변화가 스쳤다. 희미한 불안감. 푸른 눈동자
가 내 속을 꿰뚫어 보듯 했다. 나는 시선을 피했다. 야크 같은 남
자는 싸워서 얻지 못하면 곧 사라진다. 그리고 무엇보다, 나는 마
틸다에 대해 들키면 안 됐다. 그건 어렵지 않았다. 과거의 기억은
날마다 옅어졌다. 가끔 꿈속에 찾아오는 세바스티안만 빼고. 그것
도 점점 드물어졌다.

"도시는 흠잡을 데 없는데, 함께 있는 사람이야말로 문제죠." 대
놓고 도발하듯 그를 보았다.

"그래?"

그는 맥주잔을 굴리며 씩 웃었다.

"그나저나 남자친구는?" 그가 궁금하다는 듯 물었다.

내 머릿속에 침대보에 불이 옮겨 붙던 장면과 빅토르의 얼굴이
겹쳤다.

"끝났어요." 나는 짧게 답했다.

야크는 아무것도 몰랐다. 그리고 나도 더 말하고 싶지 않았다.

촛불의 불꽃이 그의 눈에 일렁였다. 웨이터가 말린 햄과 삼각형
얇은 치즈를 가져왔다. 나는 햄을 집었다. 손끝에 기름기가 밴 채

입안에서 녹아내렸다.

"여기 좋네요. 스페인은 처음이에요."

"그럼 어디까지 가봤어?"

"덴마크. 그리고 피엘바카."

"거기가 고향이야?"

"네. 피엘바카. 덴마크는 아니고요."

순간, 덴마크 여행이 떠올랐다. 레고랜드. 예감대로 비극으로 끝난 휴가.

"피엘바카는 어때?"

"여기와는 정반대예요." 나는 광장을 가리켰다. "텅 빈 거리. 나가 놀 수 있는 곳은 한 군데뿐이고 모두가 모두의 일을 다 아는 곳이랍니다."

"부모님은 아직 거기 계셔? 형제는?"

그는 햄을 집어 들면서도 내게서 눈을 떼지 않았다.

그날 밤, 박살 난 세바스티안의 얼굴이 번개처럼 스쳤다.

나는 몇 번 침을 삼켰다.

"부모님은 돌아가셨어요. 외동이고요."

웨이터가 음식을 더 가져왔다. 감자, 기름 자박한 마늘 새우, 올리브, 토마토소스를 두른 미트볼.

나는 잔을 입에 갖다 댔다. 럼이 목구멍을 태웠다. 강한 모히토였다. 내 표정이 흐려진 게 스스로도 느껴졌다. 나는 시간을 벌려고 담배에 불을 붙였다.

"언젠가 거기 가 보고 싶네."

그는 더 묻지 않았다. 그 점이 더 사랑스러웠다.

"아니요, 별로요."

"아니, 가 보고 싶어. 난 새로운 곳을 또 보고 싶거든."

그리고 여자들도, 내가 속으로 덧붙였다. 입 밖으로는 내지 않았다.

"피엘바카에서 여름을 보낸 친구들이 있어. 엄청 예쁘대." 그는 마늘 기름을 하얀 빵으로 찍어 먹었다.

"그럼 야크, 당신의 비밀은?"

나는 화제를 돌렸다. 밤하늘의 별들이 한 뼘 가까이 내려앉은 듯했다.

"우리 아버지는 알코올중독자에 도박꾼이야."

그는 툭 던졌다. 빵을 또 찢어 마늘 기름에 적셨다.

"유산을 술로 날려먹은 집안의 수치. 그래도 성은 못 빼앗았지."

"몰랐어요."

"누가 물으면 외국에 산다고 둘러대. 그래도 스톡홀름 상류 사회에선 다들 알아. 내 아버지."

"어머니는요?"

"재혼했지. 새로운 아버지도 재수 없긴 마찬가지. 대신 술은 안 해. 어머니는 남자 보는 눈이 전혀 없어. 돈만 보니까. 스위스에 살아. 난 열여섯에 집을 나왔고. 삼촌 칼이 자기 아파트 하나 내주고 공부만 잘하라는 조건으로 매달 생활비를 줬어."

"형제는요?"

"없어. 너처럼 외동."

"너랑 있으면 말이 술술 나와."그가 말했다. "평소엔 안 하던 얘기도 하게 돼."

"신기하네요. 저도 그래요. 왜 그런지 궁금할 정도로."

말하고 나서야, 그건 거짓말임을 스스로 알았다. 그에게 말하지 않는 게 훨씬 많았다.

"아마 서로 꽤 닮아서." 그가 담배에 불을 붙이고 한 모금 빨았다.

"사람들이 모를 뿐, 너랑 나, 사실 외로워."

그가 스스로를 외롭다 여긴다는 사실이 놀라웠다. 그는 언제나 사람들로 둘러싸여 있었으니까.

"우리가… 어떤데요?" 나는 궁금해서 물었다.

그가 우리를 닮았다고 말하는 게 아찔했다.

"우리는 그들에게 맞춰 주면서 만족한 척해. 하지만 사실은…"

그는 말을 멈추고 나를 똑바로 보았다.

"페이, 넌 로맨티스트야. 들키지 않는다고 생각하겠지. 무심한 척, 아무렇지 않은 척. 하지만 너는 평범한 삶에 만족하지 않을 거야. 꼭대기까지 올라가, 세상을 갖고 싶어 해. 야망이 있어. 그래서 피엘바카를 떠나 스톡홀름으로 온 거야. 그리고 우리는 닮았어. 그것도 아주 많이. 다만 너는 여자라는 게 약점이야. 여긴 남자들의 세계거든."

나는 반박하고 싶었다. 하지만 마음속 어딘가에서는 그가 옳다고 믿고 있었다. 그래서 고개를 끄덕이며 대답하려던 찰나, 웨이터가 접시들을 더 내왔다. 우리 테이블은 오징어 튀김, 버섯 볶음, 빠에야, 양고기 소시지. 빈 잔은 큰 레드 와인 잔으로 바뀌었고 새 맥주가 놓였다. 우리는 음식 위로 몸을 기울였다. 순간 내가 아파트를 나선 뒤로 시계를 한 번도 보지 않았다는 걸 깨달았다.

우리는 배불리 먹은 후에도 와인과 맥주를 마시며 계속 이야기했다. 매순간 더 깊이 사랑에 빠졌다. 와인 때문인지 머리가 찔했다. 배가 든든했고 만족감으로 가득했다. 그 순간만큼은 내 인생에서 가장 행복했다.

담배 연기가 밤하늘로 올라갔다.

"내일은 해변에 가자." 그가 말했다.

"아니면 호텔 옥상 수영장에서 놀든가?"

"그때 가서 정해요."

나는 모든 게 욕심났다. 다 갖고 싶었다.

"그래. 그때 가서."

우리는 호텔 쪽으로 걸었다. 골목의 인파는 줄어 있었다. 나는 자갈에 일부러 뒤뚱거리며 그에게 기댈 핑곗거리를 만들었다. 스위트로 돌아와서야 침실을 못 봤다는 걸 깨달았다. 문을 밀고 들어가 조명 밝기를 낮췄다. 거실처럼 테라스 쪽 벽은 통유리였다. 벽에는 현대 회화. 가죽 안락의자 두 개. 그리고 거대한 침대. 유리창 앞에는 금빛 사자발이 달린 클래식한 욕조가 놓여 있었다.

"야크! 우리 침실에 욕조가 있어요." 내가 외쳤다. "이거 봐!"

그가 내 뒤에서 나타났다.

"알아. 언젠가 우리 집에도 저런 걸 둘 거야."

"저도요." 내가 맞장구쳤다.

"좋아. 의견일치."

"의견일치요?"

"그래, 우리 집을 어떻게 꾸밀지에 관해서."

그냥 못 들은 척했다. 그리고 나는 늘 모든 것이 갖춰진 채로 귀여움 받는 소녀가 아니었다. 인생이 해피엔딩 동화가 아니라는 것쯤은 알고 있다. 하지만 지금 이 순간만큼은 인생이 동화였다. 나 같은 사람에게는 그것만으로도 충분했다.

나는 욕조로 가서 수전을 물을 틀었다.

"써보죠."

"지금?"

"네."

나는 뒤돌아 그를 등지고 속옷을 벗고 치마를 내려놓았다. 아직 킬 힐은 신은 채. 그의 시선이 등에 뜨겁게 내려앉는 게 느껴졌다. 천천히 브래지어를 풀고 팬티를 내렸다. 신발을 벗어 완전히 나체가 되었다. 창에 비친 내 모습 뒤로 그가 굳은 채 서 있었다. 지금은 내가 주도권을 쥐고 있었다.

그가 침대에 앉아 구두와 바지를 벗기 시작했다. 눈은 내게서 한 순간도 떨어지지 않았다. 그가 온전히 내 차지라는 게 짜릿했다.

"도움이 필요해요?"

"응, 그럴지도."

나는 천천히 몸을 돌렸다. 와인이 머리로 스며드는 게 느껴졌다. 그에게 다가가 티셔츠와 바지를 벗겼다. 그는 탄탄한 몸을 가지고 있었다. 구릿빛 팔과 가슴 근육이 피부 아래로 살아 움직였다. 나는 그의 앞에 무릎을 꿇은 채 그의 팬츠를 벗겼다. 그의 자지가 곧

게 섰다. 나는 고개를 숙여 그것을 입에 물었다. 하나, 둘, 셋. 눈은 떼지 않았다. 그러곤 뒤로 물러났다.

"아니, 먼저 목욕." 나는 장난스럽게 말하고 욕조로 갔다.

그가 일어나 뒤따랐다. 욕조는 절반쯤 찼고 물은 따뜻했다. 희미한 염소 냄새. 그는 나를 침대로 데려갔다. 침대 발치에 나를 세우더니 툭 밀어 엎드리게 했다. 나는 허리를 꺾어, 나도 원한다는 것을 보여주었다. 그가 내 안으로 들어오는 순간, 나는 숨을 들이켰다. 내가 두 손과 무릎을 세우자, 그는 천천히 밀고 당기기 시작했다. 테라스 문은 열려 있었고 바깥에서 음악과 웃음, 목소리가 들어왔다. 경적 소리. 그 모든 소리는 귀 안에서 솟구치는 굉음 속으로 멀어졌다. 그가 내 허리를 움켜쥐고 밀어 넣었다. 맙소사, 나는 야크와의 섹스를 사랑했다.

"더 세게." 나는 신음했다. "더 세게."

그가 내 목덜미를 잡고 얼굴을 베개에 누르며 그대로 내 바람대로 했다. 몸 안쪽에서 떨림이 올라와 온몸으로 번졌다. 내 절정과 거의 동시에 그가 낮고 길게 신음을 터뜨렸다. 그는 내 위로 몸을 던져 그 무게를 모두 실었다. 우리는 한동안 꼼짝 않고 누워 있었다. 방금 우리를 통과해 간 그것의 강도에 잠시 휩싸인 채.

그리고 욕조로 옮겨 앉았다. 그가 마리화나를 꺼내 조인트를 말았고 우리는 번갈아 돌려 피웠다.

"넌 정말, 정말 섹시해." 그가 말했다.

"당신은… 뭐, 쓸 만해." 내가 답했다.

그가 물을 튕겼고 나는 깜짝 놀란 비명을 질렀다. 곧 껄껄 웃음으로 바뀌었다.

이윽고 우리는 벌거벗은 채 이불 아래로 파고들었다. 그는 팔로 나를 가까이 끌어당겼다. 손끝이 내 몸 위를 미끄러졌다. 하지만 가슴도, 엉덩이도 피했다. 그 방향으로 내려가려다 말고는 다른 길로 움직였다. 미칠 지경이었다. 숨이 거칠어졌다. 주도권은 더 이상 내 것이 아니었다. 두려움과 흥분이 한꺼번에 치솟았다.

"잘 자, 내 미래의 작은 아내." 그가 속삭였다.

몇 분 뒤, 그의 잔잔한 코골이가 들렸다.

나는 여전히 흥분해 있었다. 그는 눈을 뜨며 이불을 걷어찼다. 아무 말 없이 나는 올라탔다. 그의 가슴에 손을 얹고 몸을 뒤로 젖혔다. 그는 두 팔을 머리 뒤로 엮었다. 굶주린 눈빛으로 나를 보았지만, 역시 아무 말도 하지 않았다. 우리는 다시 절정을 맞았다. 그리고 그가 내 안에 있다.

나는 옆으로 굴렀다.

"이제부터 우리, 이렇게 굿나이트 하는 거예요."내가 말했다.

헨리크와 알리세 베리엔달의 집은 리디니에에 있었다. 개인 선착장과 모래사장을 갖춘 집. 차라리 로스앤젤레스에 더 잘 어울릴 듯했다. 670제곱미터. 집 안에는 홈시네마, 헬스장, 실내 수영장, 와인 셀러, 당구방, 탁구대, 그리고 욕실만 다섯 개. 트레일러 몇 대를 들여놔도 될 듯한 거대한 '거실'의 층고는 10미터였다.

페이, 헨리크, 야크, 알리세가 촛불을 켜고 회갈색 바다를 내려다보며 식사하는 동안, 아이들은 보모와 놀았다. 아이들 방은 알리세와 헨리크가 머무는 공간에서 최대한 멀리 떨어져 배치되어 있었다.

알리세는 음식을 집으로 배달시켰다. 식탁 위엔 레바논식 뷔페가 올려져 있었다. 페이는 알리세를 흘깃 보았다. 그녀는 옆구리가 트인 딱 달라붙는 빨간 드레스를 입고 있었다. 자전거 거치대처럼 드러난 갈비뼈.

페이의 배 속 아이는 곧 금속 대야에서 짧은 생을 마감할 것이다. 오늘 밤, 약을 먹을 것이다. 약국에서 찾아온 첫 번째 약.

"맛있었지?" 알리세가 웃으며 물었다. 페이는 그녀가 떠넣는 한 입 한입을 지켜보았다.

"아주." 그녀가 답했다. "레바논 음식 탁월했어."

그가 웃음을 흘렸다.

"넌 앞에 있는 건 다 먹잖아." 그가 말했다. "그냥 퍼 넣지."

그게 사람들이 보는 자기 모습일까? 눈앞에 있으면 무조건 먹어 치우는 여자?

헨리크가 몸을 기울였다.

"요즘은 어때?" 그가 물었다. "위층에 도통 안 올라오더라."

"응, 너희 일하는 데 방해하고 싶지 않아서. 할 일이 많잖아."

"그렇긴 하지. 그래도 널 위해 시간을 못 내는 건 아니야."

"고마워, 헨리크."

어쩌다 우리 말투가 이렇게 됐을까. 낯선 사람끼리 빈칸을 메우

려고 건네는 덕담처럼. 야크와 헨리크가 회사(콤파레)를 세우게 된 아이디어를 꺼낸 것도 사실은 나였다. 그런데 지금 나는 어른 식탁에 앉은 아이 같았다.

"다 먹었어, 헨리크? 택시 곧 올 거야."그가 일어나 입을 닦았다. 두 사람은 시내에서 친구들을 만나기로 했다. 가는 길에 페이와 아이를 집에 내려줄 참이었다. 아이가 쿵쿵 계단을 내려오는 소리가 들렸다.

"집에 가기 싫어." 아이가 말했다. "여기 있고 싶어."

"그럼 엄마랑 있어. 있어도 되지, 알리세?" 그가 말했다.

페이는 입술을 깨물었다. 빨리 집에 가 편한 옷으로 갈아입고 소파 위에 파묻혀 와인을 마실 생각뿐이었다.

"물론. 아이들이 좋다는데." 알리세가 말했다.

아이는 다시 계단을 뛰어올라갔다.

페이와 알리세는 두 남자를 현관까지 배웅했다.

"재밌게 놀아, 얘들아." 알리세가 헨리크의 입술에 입을 맞추었다.

"보모는 내일 아홉 시." 그녀가 말했다.

"그렇지. 그럼 내일 보자." 그는 그렇게 말하고 사라졌다.

그들은 접시를 식기세척기에 넣고 남은 음식은 냉장고에 넣었다.

"그만 놔둬."알리세가 말했다. "내일 아줌마가 할 거야."

그녀는 와인을 한 병 더 꺼내 들었다. 둘은 파노라마 창 앞 소파 위에 나란히 앉았다.

"내일은 뭐해?" 알리세가 물었다.

"병원만."

"심각한 건 아니지?"

"응, 아니야."

"그래도 그가 같이 가 준다니 다정하네."

그녀는 '흠'하고 짧게 대꾸했다.

사슴 같은 큰 눈, 완벽한 피부. 알리세는 자기 삶에 행복할까? 나는 더 이상의 가식이 지겨웠다. 둘 다 황금 새장에 갇혀 있었다. 공작새 두 마리처럼.

페이는 새장을 마주 보며 와인을 더 마셨다. 알리세의 세계엔 헨리크와 아이들 말고는 아무것도 없는 걸까? 그 뒤에 '진짜 사람'이 있을까? 살아있는 감정, 진짜 꿈이? 아니면 문제는 나에게 있을까? 이런 걸로는 만족할 수 없는 나. 많은 사람들이 꿈꾸는 삶. 사고 싶은 건 다 사고 일하지 않아도 되는 삶, 예쁜 아이들이 있고 루이비통 매장에 초대받는 삶을.

"만약 헨리크가 없다면, 넌 뭘 할래?" 내가 물었다.

"무슨 뜻이야?"

"무슨 일을 하고 싶으냐는 말."

알리세는 오랫동안 생각했다. 평생 생각해 본 적 없는 주제인 듯. 결국 어깨를 으쓱했다.

"인테리어… 아마. 집을 예쁘게 꾸미는 걸 좋아해."

"그럼 그렇게 하지 그래?"

알리세가 다시 어깨를 으쓱했다.

"솔직히 다른 걸 하고 싶지는 않아? 아이들이나 헨리크랑 상관없이, 네가 정말 원하는 일을 하는 거."

술이 과했다. 알면서도 멈출 수 없었다. 새장의 문을 살짝이라도 열어주고 싶었다. 잠깐만이라도. 우리는 비슷해 보일지라도, 차이는 컸다. 나는 알리세처럼 남편에게 종속된 게 아니었다.

"나는 내 자신이야." 알리세가 말했다. "바꾸고 싶은 건 없어."

그녀는 입술을 적셨다. 아름다웠다. 공작의 깃이 번들거렸다.

"정말 예쁘다." 그녀가 말했다.

"고마워."

알리세가 웃으며 고개를 돌렸지만, 그녀는 멈추지 못했다. 멈출 수 없었다.

"우리가 여기 있는 이유가 그거라는 거. 전시하기 좋으니까. 마네킹처럼."

그녀는 어느새 잔을 비웠다. 채우는 줄도 몰랐다.

"그만해. 너도 알잖아, 그게 아니라는 거."

"그럼 뭐가 아니지?"

알리세는 대꾸 대신 잔을 내밀었다. 그녀가 와인을 따라 주도록.

잠시 침묵이 흘렀고 그녀가 한숨을 쉬었다. 집 안 어딘가에서 아이 울음가 들렸다.

"너를 질투했어." 알리세가 중얼거렸다.

페이는 놀라며 알리세를 보았다. 그녀의 눈빛에 낯선, 슬픈 것이 어른거렸다.

"몰랐어." 페이가 말했다.

"제일 질투나는 건 네가 헨리크를 웃게 한다는 거야."

페이는 몸을 고쳐 앉았다. 알리세가 묘사한 것 중 얼마나 많은 게 더는 사실이 아닌지 곱씹었다. 불청객 같은 기억들이 불쑥 고개를 든다. 아이의 출산처럼, 너무 아파 가까이할 수 없는 기억은 밀어냈다. 그리고 용서했다. 또 용서했다.

페이는 잔을 내려놓았다. 아이가 뛰어 들어와 수영장에 들어가도 되냐고 물었다.

"좋아!" 아이는 고개를 마구 끄덕였다.

아이가 사라지자 알리세가 한숨을 쉬었다.

"그래, 알아." 그녀가 말했다.

알리세는 잔을 들어 올리고 말끝이 약간 흐렸다. "이 망할 사회에서 여자가 '보살핌 받고 싶다.'고 말하면 돌 맞거든. 그가 가끔 바람 피는 건 상관없어."

야크가 들려준 헨리크의 외도담. 나는 왜 그걸 재미있어했을까. 알리세가 그걸 알 리 없다고만 생각했다.

"알리세, 나…" 죄책감이 관자놀이를 두드렸다.

"그만."알리세가 어깨를 으쓱했다.

"결국 돌아오는 곳은 여기야. 함께 잠들고 아침에 식탁을 마주하는 사람은 나야. 그가 사랑하는 건 나거든. 그의 아이들의 엄마."

그녀는 창밖, 어둑한 물결을 보았다.

"난 못해." 그녀가 말했다.

뱃속에서 따뜻함이 일렁였다. 그는 헨리크와 다르다. 그리고 나는 알리세가 아니다.

알리세가 그녀를 돌아보았다.

"하지만 페이, 그는…"

"그런 말, 입에 담지도 마!"그녀가 소리를 질렀고 알리세가 움찔했다.

"남자들이 바람피우는 건 알아. 하지만 야크와 나는 영혼의 동반자야! 네가 다른 소릴 내뱉는 순간, 네 모든 걸 무너뜨릴 거야. 알아들었어?"

겁먹은 알리세의 눈길을 보자, 그녀는 분노를 다잡았다. 그녀에게 내가 누구인지—아니, 내가 누구였는지—보여주면 안 된다.

그녀는 일어나며 비틀거렸다.

"오늘은 여기까지. 우린 이만 갈게."

현관문이 쿵 닫히자, 아이의 손을 잡고 돌아보았다. 유리 옆에서 내부가 보였다. 알리세는 그대로 소파 위에 앉아 물을 바라보고 있었다.

스톡홀름, 2001년 9월

알란다에서 시내로 가는 택시 안에서, 삶이 다시 원래대로 돌아갈 거라고 마음을 다잡았다. 행복은 내게 늘 소량 포장된 것일 뿐. 이미 받은 것으로 충분하다고 스스로를 설득하며, 미끄러지듯 달려드는 택시 창밖을 바라보았다. 야크는 북쪽 교외가 창밖으로 스쳐 지나가는 동안 내 손을 꼭 잡고 있었다.

"오늘은 뭐 할 거야?"

"모르겠어요."내가 말했다.

그날 밤, 우리는 쿵스홀멘에 있는 그의 원룸에서 잤다. 그다음

날, 점심때까지 침대에서만 지냈다. 수다를 떨고 영화를 보고 사랑을 나눴다. 그런데 오후가 되자 양심의 가책이 덮쳤고 발코니로 나가 공부를 시작했다.

갑자기 거실 소파 위에서 뉴스를 보던 그의 비명이 들렸다.

"왜요?" 내가 소리쳤지만, 그는 대답하지 않았다.

책을 덮고 그에게 다가갔다.

텔레비전 앞의 그는 꼼짝없이 굳어 있었고 얼굴은 핏기가 가셨다.

CNN 속보는 그 어떤 장면보다 참혹했다. 비행기. 폭발하는 마천루. 수백 미터 아래로 떨어지는 사람들. 불에 휩싸인 채, 혹은 피와 먼지로 뒤범벅이 되어 맨해튼 거리를 비틀거리며 헤매는 사람들.

"무슨 일이죠?" 나는 믿기지 않는 눈으로 화면을 응시했다.

야크가 눈에 눈물을 머금고 나를 올려다보았다.

"비행기가 월드 트레이드 센터를 들이받았어. 처음엔 사고라고들 생각했는데, 갑자기 또 다른 비행기가 다른 타워로 박았대. 여러 대가 납치됐고. 테러 공격인 것 같아."

"테러요?"

"그래."

우리는 넋을 잃고 화면에 빨려들었다. 눈앞의 광경에 말문이 막혔다. 그는 일어나 현관문을 잠그고 위스키와 잔 두 개를 가져왔다. 뉴욕 쌍둥이 타워가 무너질 때, 우리는 울었다. 파괴와 죽음이 우리 사이의 환희와 너무도 선명하게 대조되었다.

그 순간, 나는 그에게 가까이 있고 싶었다. 그의 존재 자체가 위안이 되었다. 마치 그의 상처들이 내 상처와 딱 맞물리는 듯했다.

나는 불현듯 40년대의 베이비붐을 이해했다. 재난의 시대에 남녀는 위안을 찾고 가장 동물적이고 근원적이며 단순한 것을 향해 간다.

그를 일으켜 세우고 옷을 하나씩 벗겼다. 이번엔 그가 내 옷을 벗겼고 우리는 소파 위에 누웠다. 지금 이 순간, 내 안에 있는 그의 몸. 마치 삶 자체가 내 안에 들어와 있는 듯했다. 텔레비전 화면의 이미지가 눈앞에 아른거렸다. 불타는 타워에서 떨어져 내리는 몸들. 거대한, 부서질 줄 모를 것 같던 건물들이 주저앉을 때의 연기와 화염.

나는 울었다.

이걸로는 부족했다. 가끔, 나는 그게 두려웠다. 아무것도 영원히 충분하지 않을 것 같다는 생각.

"더 거칠게요."내가 말했다.

그가 멈칫했다. 그의 거친 숨도 잦아들었다. 얇은 벽 너머, 이웃도 같은 뉴스에 귀 기울이고 있다는 소리가 들렸다.

"젖먹던 힘으로 해봐요." 나는 속삭였다. "아프게 해줘."

그가 망설이는 게 느껴졌다.

"왜?"

"묻지 마요."내가 답했다."

야크는 잠깐 내 눈을 들여다보더니, 내가 원하는 대로 했다. 허리를 더 단단히 움켜쥐고 점점 더 깊고 강하게 밀어붙였다. 그의 숨은 다시 거칠어졌고 내 머리카락을 잡아당겼다. 배려 없이. 살

살 하려는 의지 없이. 아팠다. 하지만 나는 그 고통을 원했다. 고통
은 익숙했다. 세상이 불타는 동안, 고통은 나를 붙드는 닻이었다.

$$\Diamond$$

9월 11일. 그 날짜는 인생에 각인되어 있었다. 4년 전 같은 날,
아버지는 어머니 살인 혐의로 체포됐다. 그보다 1년 전, 세바스티
안은 자기 옷장에 걸린 벨트에 목을 맨 채 발견됐다. 나는 열다섯
이었다. 어쩌면 그때 비로소 내가 된 것일지도. 어쩌면 그날, 내가
페이가 되었는지도.

야크의 움직임은 점점 더 격렬해졌다. 그리고 이제는 그도 울고
있다는 걸 알 수 있었다. 우리는 슬픔과 고통 속에서 하나가 되었
고 마침내 그가 내 위로 무너져 내렸을 때, 우리가 결코 잊지 못할
순간을 함께 통과했음을 알았다.

그날 오후와 저녁 내내 우리는 소파 위에 앉아 손을 맞잡고 타오
르는 세계를 지켜보았다. 그리고 이어진 1년은 인생 최고의 해가
될 터였다. 나와 야크를 묶는 단단한 끈이 엮인 해.

야크는 자신의 유년 시절을 말해주었다. 불안, 싸움, 크리스마스
선물 하나 없는 겨울, 악마 같은 친척들, 집안의 물건들이 하나둘
전당포로 넘어가고 빚을 독촉하던 사람들. 그리고 여기서 벗어날
수 있었을 때의 안도감.

나는 아무것도 말하지 않았다. 그는 내가 세상에 홀로 서 있다

는 사실을 받아들였다. 아무도 남지 않았다는 것을. 어쩌면 그 점이 그를 기쁘게 했는지도 모른다. 그럴수록 우리는 오직 상대방만 있었으니까.

우리는 수업이 끝나면 한트베르카르가탄 주변의 술집들이나 '차이나타운'―학교와 노라 레알 사이―에서 만났다. 둘이서, 혹은 헨리크와 크리스와 함께. 정치와 꿈을 이야기했다. 종종, 크리스와 나는 야크와 헨리크의 세계에서 여왕이 된 기분이었다.

그는 내가 혼자 뭔가를 하는 걸 달가워하지 않았다. 내가 어디 있는지, 뭘 하는지 알고 싶어 했다. 그 질투가 사랑스러웠다. 크리스가 가끔 불평했지만, 그래도 우리 넷은 늘 붙어 있었으니 크게 티 나지는 않았다.

"넌 다른 여자들과 달라." 그는 자주 말했다.

나는 그 말의 의미를 묻지 않았고 그저 흡수했다. 다르고 싶었다.

우리는 스톡홀름 어디서든 섹스를 했다. 시립도서관, 스베아베겐의 맥도날드, 크로노베리 공원, 텅 빈 강의실, 스투레콩파니에트, 이스트와 리세, 한밤중 로프스텐으로 가는 텅 빈 지하철 칸, 집들이, 헨리크 부모의 집, 그리고 발코니. 하루 두세 번. 그의 시선만으로도 그가 나를 얼마나 원하는지 아는 것만으로도 몸이 달아올랐다. 그는 내가 거절하는 걸 싫어했다. 삐치고 초조해했다. 그래서 나는 그냥 거절하지 않았다. 복잡할 것 하나도 없다고 여겼다. 그가 행복하면, 나도 행복했다.

카롤린스카 병원. 단조로운 선풍기 소음. 해진 벨벳 소파는 누군가가 몸을 옮길 때마다 신음했다. 거의 텅 빈 벽 사이로 기침 소리가 메아리쳤다.

페이는 폰을 만지작거리며 결혼식 사진들을 훑었다. 희망으로 빛나던 두 얼굴. 말쑥하게 차려입고 환하게 웃던 하객들. 그녀는 사실 스웨덴에서 소박한 결혼식을 원했다. 시청에서도 괜찮았다. 하지만 그는 이탈리아, 코모 호숫가의 한 저택에서 성대한 결혼식을 고집했다. 하객 400명, 페이가 아는 얼굴은 손에 꼽았다. 낯선 이들이 축하를 건네고 베일 너머로 뺨을 맞대며 뽀뽀했다.

웨딩드레스는 그가 골랐다. 라르스 발린이 그녀를 위해 특별 제작한 실크와 튈의 머랭 같은 드레스. 페이가 고를 수 있었다면 훨씬 간결했을 것이다.

이제 곧 그가 올 것이다. 머리를 쓸어 넘기고 자리에 앉아, 그녀를 껴안고 늦어서 미안하다고 할 것이다. 혼자 이렇게 앉아 기다리게 해서 미안하다고.

"우리는 행복과 불행을 함께 짊어질거야." 야크가 결혼식에서 말했다. 그 말에 여자 하객들이 페이를 부러움으로 바라보았었다.

병원 대기실에서 페이는 가장 나이가 많았고 남편 없이 혼자였다. 옆에는 많아야 열여섯으로밖에 보이지 않는 소녀가 엄마와 함께 앉아 있었다. 남자친구들은 연인의 손등을 다정히 쓰다듬고 낮고 신중한 목소리로 말을 건넸다. 가끔 간호사가 나와 한 사람씩 불러들이면, 모두들 고개를 들어 그 여자를 배웅했다.

간호사가 페이의 이름이 불렸고 그녀는 다시 한번 폰을 확인했다. 문자 없음. 부재중 통화도 없음. 신호가 잡히는지 두 번이나 확인해야 했다.

그녀는 일어나 간호사를 따라 진료실로 들어갔다. 질문에 답하면서, 간호사가 자신을 알아봤을지 생각했다. 사실 상관없었다. 어차피 비밀유지 의무가 있을 테니까.

"누가 데리러 오시나요?" 간호사가 물었다.

그녀는 책상 쪽을 내려다보았다.

"네. 남편이요."

천장의 형광등이 종이로 덮인 침대에 차갑게 내려앉았다.

"좋아요. 좀 더 잘 살펴볼게요."

"고맙습니다." 그녀가 말했다.

페이는 여전히 간호사의 눈을 마주치지 못했다.

"어제 약 드셨어요?"

"네."

"잘하셨어요. 이제 두 번째 약 드릴게요."

플라스틱 컵에 담긴 한 알. 그리고 젖은 손의 미묘한 온기. 페이는 간호사의 무릎에 머리를 묻고 엉엉 울고 싶은 충동을 눌렀다. 대신 약을 쳐다보지도 않고 삼켰다.

"이것도 같이 드세요." 간호사가 진통제를 몇 알 더 놓았다.

커다란 안락의자 같은 노란 설비에 누워 천장을 바라보았다. 어쨌든 초록색 침대는 면했다. 그리고 커튼 뒤에 누워 있을 수 있어 다행이었다. 태아를 받기 위한 일종의 기저귀를 채웠고 벌써 피가 배어 나오는 게 느껴졌다. 초음파를 보던 간호사는 태아의 주수를 말했지만, 그녀는 정확히 몇 주라는 말을 듣지 않으려 했다. 듣고 싶지 않았다.

"어디야?" 그녀는 그에게 문자를 보냈다.

답이 없었다.

뭔가 일이 벌어진 걸까. 사고라도? 그녀는 보모에게 전화해 아이의 상태를 물었다.

"잘 지내요, 영화 보고 있어요."

"그리고 그이는요?"

그녀는 무심한 척했다. 다리 사이로 피가 스며들었고 기저귀가 그걸 빨아들였다. "연락 왔어요?"

"아뇨"

딸 율리엔의 예정일은 6월 초였다. 임신 기간 내내 그는 다정했지만 병원에 함께 가지는 못했다. 회사는 한창 몸집을 불리는 상황이었으므로 이해했다. 일이 먼저였다.

진통이 시작됐을 때 그는 사무실에 있었다. 처음엔 가진통인 줄 알았다. 한 달 내내 오락가락하던 애매한 통증들. 하지만 곧 주방 조리대를 부여잡아야 할 정도가 되었다.

허리를 굽힌 채 그에게 전화를 걸었다. 호출음만 길게 이어졌고 결국 음성사서함. 단데뤼드 병원에 전화하니 당장 오라고 했다. 하지만 야크 없이 가고 싶지 않았다. 두 사람이 오래 기다린 아이와의 첫 만남이었다.

진통은 거세졌지만, 야크도, 헨리크도 전화와 문자에 응답하지 않았다. 마침내 크리스에게 전화해, 함께 가줄 수 있는지 물었다.

15분 뒤, 크리스는 숨을 헐떡이며 뛰어들어왔다. 하이힐에 표범 무늬 코트 차림. 크리스는 야크에게 연락하는 일을 떠맡았다. 병원 앞에 택시가 멈추자, 크리스는 말했다. "이제는 산부인과로 가는 데 집중하자. 택시 안에서 애를 낳을 순 없잖아?"

고통이 거대한 파도처럼 밀려와, 숨쉬기 말고는 아무것도 할 수 없었다.

페이는 크리스의 팔을 꽉 붙들고 차에서 내렸다. 멍해졌다. 멀찍이서, 크리스가 복도로 들어서며 사람들에게 비키라는 소리가 들렸다. 지금, 크리스의 높고 까칠한 목소리만이 유일한 안전망이었다.

아이는 다섯 시간 만에 태어났다. 죽음과 삶 사이를 오가게 만든 시간들. 크리스는 내내 옆을 지켜주었다. 그리고 아이가 세상으로 나온 순간, 탯줄을 자른 것도, 아기를 조심스레 들어 페이의 가슴 위에 올려놓은 사람도 크리스였다. 크리스가 우는 모습을 본건 그때가 처음이었다.

두 시간 후, 야크는 벌개진 얼굴로 병원에 도착했다. 커다란 장미다발을 들고서. 백송이의 빨강색 장미를 보고 페이는 분노가 녹아내렸다. 그는 처참해 보였다. 그리고 페이는 그가 더 큰 것을 잃었다고 생각했다. 이 지상에서 가장 완전한 아이의 탄생을.

아기는 포대기에 싸여 있었고 첫 수유 후 포만감에 코 고는 소리를 내며 잤다. 야크는 훌쩍였고 크리스는 팔짱을 끼고 서 있었다. 페이는 시선을 돌려 야크의 품에 안긴 갓난아기를 바라보았다.

페이는 깊게 숨을 들이마시고 기억을 밀어냈다. 지금의 상황은 그때와 너무도 닮아 있었다. 다만 오늘은 하나의 생명이 꺼진다. 배가 당기고 수축했다. 울음을 삼키려 입술을 깨물었다. 강해져야 했다.

이마는 열로 뜨거웠고 땀은 피부에 옷을 달라붙게 했다. 커튼 너머에서 훌쩍이는 소리가 들렸다.

"그래, 그래, 괜찮아."

누군가가 다독이고 달랬다.

배가 쥐어짜이듯 비틀렸다. 몇 초가 지났다. 고통이 빠져나갈 때, 그동안 숨을 참았다는 걸 깨달았다. 페이는 크리스에게 전화를 걸었다. 통증이 밀려들 때 신음 소리를 내며, 손마디가 하얗게 될 만큼 폰을 꽉 쥐었다.

등줄기를 타고 땀이 흘렀다.

"지금 바로 갈 게." 크리스가 말했다. 언제나처럼.

"정말?" 페이가 코를 훌쩍이며 물었다.

"당연히 가지."

반 시간 뒤, 복도에 크리스의 하이힐 소리가 울렸다.

"미안해." 그녀가 속삭였다.

"그런 말 하지 마. 우린 여기서 나가는 데만 집중하자. 알았지?"

크리스의 쉰 목소리는 담담함과 연민을 동시에 품고 있었다. 페이는 바로 지금, 그걸 얼마나 그리워했는지 깨달았다.

크리스가 말했다. "아이가 태어날 때도 내가 있었잖아. 당연히 지금도 있지."

페이는 고통에 얼굴을 찌푸리며 크리스의 손을 꽉 잡았다. 지금까지 본 것 중 가장 아름다운 손이었다. 그 손등에 페이는 얼굴을 포개었다.

스톡홀름, 2003년 2월

우리는 베리샴라의 삼룸 아파트에 살고 있었다. 그곳은 시내와는 가까웠지만 다른 세계였다. 이웃들은 스웨덴 토박이와 이민자 가정이 뒤섞여 있었다. 마당에서는 아이들이 소리를 지르며 떠들었지만, 계단에서 마주치면 예의 바른 아이들이었다.

야크와 헨리크는 둘 다 경영대학원을 졸업했다. 헨리크는 수석으로, 야크는 그저 그런 성적으로. 두 사람은 밤낮없이 콤파레를 띄우는 데 몰두했다. 회사의 비즈니스 모델은 성과급 전화판매원이다. 동기부여, 동기부여, 동기부여. 야크가 가장 좋아한 속담은 "배고픈 늑대가 사냥을 잘한다"였다. 거실은 그들의 사무실이었다. 그들은 큰 책상 하나를 나란히 쓰며, 내가 주워온 의자—그에게는 할머니 유품이라고 둘러댄—에 앉아 어깨를 맞대고 일했다. 나는 그들의 열정을 존경했고 성공하리라 확신했다.

그날 오후 집에 돌아와, 소파 위에 멍한 눈으로 앉아 있는 야크를 보고 그렇게 놀랐다.

“무슨 일이죠?” 나는 옆에 앉으며 물었다.

“우린 빈털터리야.”

그는 머리를 쓸어올렸다.

“헨리크는 런던으로 가겠다고 하더라고. 나도 런던으로 갈까 생
각 중이야, 큰돈은 거기 있으니까. 아니면 뉴욕의 월스트리트로
갈까 봐.”

다시 혼자가 될지도 모른다는 생각만으로도 공황이 밀려왔다.

나는 올라오는 메스꺼움을 삼키고 최대한 침착하게, 그의 손등
에 내 손을 포개고 말했다.

“그 얘기는 왜 나와요? 잘 되고 있다면서. 어젯밤만 해도 둘이
신나 있던데요.”

“투자가 결국 엎어졌거든. 지금은 카페 알바로 우리가 먹고사
는 거야.”

나는 그의 얼굴을 두 손으로 감쌌다.

“당신의 꿈을 포기하도록 두진 않아요.”

“듣고 있어? 우린 돈이 필요해. 넌 아직 공부 중이고…”

그는 강아지 눈을 하고 내 쪽으로 고개를 돌렸다.

“휴학할게요.”

“공부를 아직 더 해야하잖아?”

그가 내 눈을 들여다봤다.

“우린 팀이잖아요, 당신이랑 나. 야크와 페이. 우린 세상을 접수
할 거라고 했잖아요. 저는 1년 늦게 졸업해도 문제 없어요.”

나는 어깨를 으쓱했다.

"정말 확실해?" 그가 나를 끌어안았다.

"그럼, 확실하죠." 나는 웃었다.

"우리 회사(콤파레)를 믿어요. 우린 백만장자가 될 거잖아요. 그때 갚아요!"

"당연하지! 내 건 다 우리 거!"

그는 가볍게 입을 맞추고는 나를 안아 침실로 데려갔다.

1년쯤이야 별것도 아니었다. 물론 나는 식탁을 닦고 음료를 나르고 늙은이들에게 엉덩이를 꼬집히는 일을 혐오했다.

야크는 인생의 사랑이었다. 내 영혼의 짝. 우리는 서로를 짊어졌다.

그날 밤 학교에 휴학을 알리고 카페 마들렌의 매니저에게 전화를 걸었다. 매니저는 기쁘다고 소리쳤다. 월급이 꽤 많았다. 22,000크로나.

내 결정을 반대한 건 크리스뿐이었다. 그녀는 마감 무렵 마들렌에 들이닥쳤다.

"우리, 얘기 좀 하자." 그녀가 말했다.

"너, 실수하는 거야."

나는 한숨을 쉬었다. 크리스가 어떻게 이해하겠는가.

"야크가 콤파레에 집중해야 꿈이 현실이 돼."

"그럼 너의 꿈은?"

"야크의 꿈은 곧 내 꿈이야."

"혹시… 이걸 안 하면 그가 떠날까 봐 두려운 거야?"

“아니.” 나는 웃음이 나왔다. 터무니없는 생각이다. 그가 런던이니 뉴욕이니 떠들어서 살짝 뒤숭숭하긴 했지만, 그뿐이었다.

크리스는 짜증스럽게 바텐더를 재촉해 잔을 또 채우게 했다.

“그래, 그럼 됐네.” 그녀가 중얼거렸다.

“그런데 야크가 회사를 1년 쉬고 일자리를 구하면 안 될까? 왜 네가 공부를 내려놔야 하는데?”

크리스는 손이 떨리는 채로 담배를 붙였다.

“진짜 뻔하다, 이런 구도.”

나는 크리스의 담배를 하나 뺐다.

“1년이야, 크리스. 그다음엔 내가 돌아갈 거야. 그때쯤이면 회사도 안정되어 있겠지.”

나는 완벽한 담배 연기 고리를 뿜어, 그것으로 크리스의 회의적인 표정을 동그랗게 둘러쌌다.

6개월 뒤, 콤파레는 런칭과 동시에 폭발적 성공을 거두었다. 야크와 헨리크의 영업 방식은 침공군처럼 스웨덴을 휩쓸었다. 돈은 마치 비처럼 쏟아졌다. 1년이 조금 지나자, 우리는 백만장자가 되어 있었다. 우리는 이미 목표에 도달했다. 사람들은 성공하려고 공부한다. 미래는 너무 밝아서, 선글라스가 필요했다.

재앙은 점점 가까워지고 있었다. 페이는 그 징후들을 보았어야 했다. 사람을 가장 눈멀게 하는 건 사랑이라고들 하지만, 우리를 가장 눈멀게 하는 건 사랑의 '꿈'이다. 기대란 지독한 마약이다.

페이는 작전을 바꾸기로 했다. 집에서 시든 강아지처럼 야크를 기다리는 대신, 그에게 시간을 주고 자신을 그리워하게 하자.

그의 생일 파티까지 2주가 남았다. 이벤트 회사에서 페이에게 통보한 것은 도착 시간뿐이었다. 더불어 복장 코드는 '정장'.

페이는 서재 문을 두드리고 안으로 들어섰다.

그는 화면에서 눈을 떼지 않았다.

"나 그냥… 며칠 아이 데리고 다녀오려 해요."

그가 놀란 듯 고개를 들었다. 창문에 그의 아름다운 옆얼굴이 비쳤다.

"그래?"

"응, 당신 요즘 너무 바쁘잖아요. 팔스테르보에 집을 하나 빌렸어요."

페이는 그가 말릴 거라 생각했다. 그런데 그는 거의 안도의 기색이었다.

"네가… 그 힘든 일을 겪고 나서, 좀 떠나 있는 게 좋지."

페이가 낙태를 한 날, 그는 밤늦게 들어와 일 때문에 사정이 있었다는 짧은 사과만 남겼다. 그뿐이었다. 이번엔 장미도, 눈물도 없었다.

"그럴까요?" 오직 앞만 보기로. 결코 뒤돌아보지 않을 것이다. 페이는 보이는 것보다 강하다. 오래도록 약자 놀이를 해 왔다. 그게 그가 필요로 하는 그림이었기 때문이다. 하지만 이제는 때가 왔다.

"응, 정말로." 그가 그녀에게 미소 지었다.

페이는 몸의 긴장이 풀리는 걸 느꼈다. 둘 사이에는 단지 잠시 떨어져 있을 시간이 필요했을 뿐.

"아이하고 시간 갖는 것도 좋잖아요."

그는 펜을 굴리며 못본체 묻듯 물었다. "얼마나?"

"닷새 정도요."

그녀가 손을 뻗자, 그는 의외로―그리고 다행히도―그 손을 잡았다.

"정말 괜찮겠어?"

"물론 당신이 보고 싶긴 하겠지만요."

페이는 그를 향해 허공에 키스를 보내고 나왔다.

페이는 이미 그리워하고 있었다.

E4 고속도로는 트럭들뿐이라 한산했다. 아이는 모험에 나선 게 신나는 눈치였다.

"우리 바다에서 놀 수 있어?" 아이가 물었다.

"바닷물은 아주 차가워. 물 만져 보면 생각이 달라질 걸."

물놀이가 조금이나마 괜찮아지려면 아직 멀었다.

페이는 DHL 트럭을 추월하고 다시 우측 차선으로 들어갔다. 트럭 기사는 그들의 포르셰 카이엔을 아쉬운 눈으로 배웅했다.

전화가 울렸다. 야크였다.

"잘 가고 있어?"

그의 목소리는 밝았다. 그녀는 환하게 웃었다.

"아빠!" 아이가 소리쳤다.

"안녕, 재밌어?"

“응, 완전!” 아이는 다시 아이패드로 돌아갔다.

“어디쯤이야?”

“방금 노르셰핑 지났어요.” 페이가 말했다.

“곧 쉬어 가야 할 것 같긴 해요, 그… 황금 아치 있는 데서”

“맥도날드!” 아이가 환호했다.

아이를 속일 재간은 없었다.

그가 웃었다. 그리고 그 웃음이 민들레 홀씨처럼 나쁜 기억을 훅 불어 날려 버렸다.

통화를 마치고는 운전에 집중했다. 아직 갈 길이 멀었다.

“엄마, 나 속이 안 좋아.”

페이는 아이를 흘깃 봤다. 얼굴이 검푸르게 변해 있었다.

“창밖 좀 보고 있을래? 화면만 보니까 멀미가 오는 것 같아.”

페이는 오른손을 핸들에서 떼 아이의 이마에 올렸다. 따끈하고 끈적했다.

“배고파? 네 가방에 사과 있어.”

“아니. 메스꺼워.”

“그럼 지금 맥도날드에 들를까?”

아이는 말이 없었다. 몇 분 뒤 아이의 기침소리에 갓길로 차를 뺐다. 멈추는 순간, 아이가 글러브 박스 위로 토했다. 대형 트럭이 지나가는 바람에 차체가 덜컥 흔들렸다. 그녀는 트렁크에서 종이 타월을 꺼내 차 안 여기저기를 닦아냈다. 냄새에 속이 뒤집혔다.

“또 토하고 싶으면 봉투에 하자, 착하지.”

페이는 창문을 내리고 입으로 숨을 쉬었다. 카스테레오에선 휘트니 휴스턴이 노래했다. 그녀는 돌리 파튼의 원곡을 더 좋아했다. 몇 킬로미터 더 가다 주유소에 들어섰다. 아이를 의자에 앉혀 두고 세제와 걸레를 사서는, 다시 차로 돌아가 닦고 또 닦았다.

비행기를 타고 와서 공항에서 렌터카를 빌렸으면 됐을 일을, 대체 왜 복잡하게 만들었을까. 좋았던 기분은 흔적도 없이 날아갔다. 아이를 데려와 바나나를 하나 사줬다. 아이는 차로 돌아가는 길에 먹었고 껍질은 쓰레기통에 버렸다. 다시 탑승.

"기분은 좀 어때?"

"집에 가고 싶어. 제발, 집에 가자."

"조금만 자면 나아질 거야."

아이는 반박할 기운도 없이, 머리를 문에 기대고 눈을 감았다. 다시 고속도로로 합류했다. 옌셰핑까지 30킬로 남았을 때, 그녀는 휘트니 휴스턴에 질렸다. 도로를 주시하면서 손으로 폰을 더듬어 팟캐스트를 켜려 했지만, 잡히지 않았다. 속도를 줄인 채, 멀미를 피해 뒤좌석에 던져둔 핸드백을 더듬었다. 손이 좌우로 헤매는 사이 차가 휘청였고 아이가 신음하다 혀를 몇 번 차더니 다시 잠들었다.

페이는 차를 세웠다. 주머니를 뒤지고 좌석 밑을 더듬었다. 생각해보니 폰은 어디든 있을 수 있었다. 갓길이든, 주유소든. 그녀는 끓어오르는 분노에 핸들을 두드렸다. 그 폰에, 열쇠를 건네줄 이웃 여인의 번호와 주소가 저장돼 있었다.

페이는 샛길로 방향을 돌려, 스톡홀름으로 돌아갔다. 어릴 땐 결코 포기하지 않았지만, 요 몇 년 새 포기하는 법을 실컷 연습했다.

마틸다는 결코 포기하지 않았을 것이다. 하지만 페이는 포기하는 요령을 알고 있었다.

페이는 한 팔에 아이를, 다른 손에는 여행 가방을 들고 있었다. 엘리베이터 문이 닫히자, 자신의 거울 속 얼굴을 들여다봤다. 눈 밑에는 다크서클에 피부는 창백했다. 이마와 윗입술에 맺힌 땀. 그리고 포기한 눈빛.

아이가 눈을 떴다.

"여긴 어디야?" 잠투정 섞인 목소리.

"우리 집이야, 네가 아팠거든, 스코네는 다음에 가자."

아이는 힘없이 미소 지으며 고개를 끄덕였다.

"피곤해."

"아가. 곧 자게 해 줄게."

엘리베이터가 덜컥 멈추었다. 페이는 아이를 허리에 더 올려 받쳤다. 복도를 지나 간신히 문을 열고 두 사람은 비틀거리며 안으로 들어왔다. 그리고 마지막 힘을 짜내 아이의 겉옷과 장화를 벗겨 침대에 눕히고 이마에 입을 맞췄다. 서재는 텅 비어 있었고 퀴퀴한 냄새가 났다. 창을 열어 환기 시키면서 문에 화분을 끼워 두었다.

야크는 회사에 있겠지. 페이는 안도의 숨을 쉬며 욕실로 향했다. 샤워하고 옷을 갈아입을 작정이었다. 지금 꼴은 처참했고 그에게 이런 모습은 보이고 싶지 않았다.

페이는 침실 문을 홱 열었다. 그리고 순식간에, 방 안이 물로 차오른 듯했다. 모든 것이 멈췄다. 들려오는 건 얕은 자신의 숨소리와 일초마다 커지는 이명뿐.

야크는 침대 발치에 등을 보이고 서 있었다. 벌거벗은 채. 페이는 그의 엉덩이를 똑바로 노려봤다. 오른쪽 궁둥이에 있는 익숙한 점. 그 점이 앞뒤로 움직였다. 그가 신음을 뱉으며 골반을 앞뒤로 밀어 넣고 있었으니까. 그 앞에서, 사지를 넓게 벌리고 미친 듯 허리를 꺾은 여자가 엎드려 있었다. 그들이 페이의 존재를 눈치채기까지, 그 자리에 얼마나 오래 서 있었는지는 모른다. 어쩌면 그녀는 자기도 모르게 비명을 질렀는지도 모른다. 그가 돌아봤고 윌바는 벌떡 일어나 허겁지겁 베개로 몸을 가리려 했지만 소용없었다.

"젠장" 야크가 소리쳤다. "여긴 또 왜 온 거야?"

어째서 그가 화를 내는지 잠시 말문이 막혔다. 이윽고 말이 폭포처럼 터졌다. 율리엔 이야기, 휴대폰, 되돌아오게 된 사연. 페이는 설명하고 변명했다.

그는 윌바에게 옷을 주워 입으라는 신호를 보냈고 자신은 가운을 걸쳤다. 그는 불만으로 들끓고 있었을 것이다. 마무리를 못했으니. 그는 방해받는 걸 극도로 싫어했다. 풀리지 않은 오르가슴이 하루 종일 몸을 괴롭힌다고 말했다.

그는 침대 가장자리에 앉은 채 페이를 차갑게 응시했다.

"난 이혼하고 싶어." 그가 말했다.

페이의 몸에서 바람이 빠져나갔다.

"이 얘긴 하지 말아요. 당신은 실수를 저질렀을 뿐이니까."

말들이 그녀의 머릿속에서 메아리쳤다.

그의 뒤에서 윌바는 속옷을 걸친 채 창밖을 응시하고 있었다.

그는 고개를 저으며 말했다.

“실수가 아니야. 난 너를 사랑하지 않아.”

“우린 이겨낼 수 있어요.” 페이가 되풀이했다.

다리가 발밑에서 꺾일 것 같았다. 눈물이 뺨을 타고 흘렀다. 그녀는 자기 목소리에서 절박함이 쏟아지는 걸 들었다.

“내 말 못 알아듣겠어? 난 더는 널 사랑하지 않아. 난… 난 그녀를 사랑해.”

그는 윌바를 턱짓으로 가리켰다.

페이가 야크 앞에 무릎을 꿇자. 나무 바닥이 무릎뼈를 짓눌렀다. 집에 들어올 때 바닥을 새로 했다. 그는 이탈리아에서 바닥재를 들여왔다. 제곱미터당 몇천 크로나. 하지만 그 비싼 바닥도 오래된 원목만큼이나 무릎에 아팠다. 모욕감은 똑같았다.

“제발요.” 그녀는 애원했다.

“한 번만 더 기회를 줘요. 더 나아질게요.”

페이가 그의 손을 잡으려 하자, 야크는 움찔하며 손을 뺐다.

윌바는 긴 다리를 하나 다른 쪽에 포갠 채 침대에 앉아 있었다. 야크는 윌바의 알몸 어깨에 손을 얹었다. 윌바는 그 위에 자기 손을 포개었다.

그는 고개를 저으며, 미동도 없는 목소리로 말했다.

“끝났어. 나가 줘.”

페이는 시선을 그의 손—윌바의 앙상한 어깨 위에 놓인—에서 떼지 못한 채 뒷걸음질로 방을 빠져나왔다. 어떤 결정을 내려야 한다. 딸을 데려갈지 말지, 말해야 할지 등. 오직 한 가지 생각만을 했다. 여길 벗어나야 한다. 지금.

　야크의 알몸 엉덩이가 망막에 새겨진 채, 페이는 현관문을 나와 문이 저절로 닫히게 두었다. 어떻게든 택시를 세웠고 기사도 한 번 그녀를 훑어보고는 말없이 뒷좌석에 태워 주었다.

　현관문을 두드렸다. 크리스가 구원해주리라는 헛된 희망에 매달려. 그러나 문은 열리지 않았고 그녀는 바닥에 주저앉았다. 이제 다시 일어날 기력이 남았는지조차 알 수 없었다.

　"페이? 세상에, 무슨 일이야?"

　마침내.

　크리스가 조심스레 다가오고 있었다.

　페이는 크리스를 향해 손을 뻗었다. 이제는 거의 보이지 않을 만큼 흐느꼈다.

　"도와줘." 그녀가 간신히 뱉어낸 말이었다.

2부

"어떻게 그렇게 확신할 수 있죠… 정말 그가 한 일이라는 걸요?"

"지금 단계에서는 이렇다할 말씀을 드릴 수 없습니다."

경찰은 그녀의 눈을 마주치지 않은 채 말했다.

"우리 사이에 문제가 있었지만 분명 뭔가 잘못된 거예요"

"이건 말씀드리면 안 되는데요…"

경찰은 주변을 둘러보며 낮은 목소리로 말했다.

"차에서 혈흔을 발견했고 GPS 기록에 따르면 용의자가 한밤중에 베테른 호수 근처의 보트 선착장까지 운전해 갔습니다. 그리고 발견된 보트에는 아이의 것으로 보이는 혈흔이 있었습니다."

페이는 고개를 끄덕였으나, 그 순간 얼굴의 상처가 욱신거리며 일그러진 표정을 지었다.

"우리가 대신 연락해줄까요? 곁에 와주길 바라는 사람이라든가요?"

페이는 고개를 저었다. 그리고 다시 고통에 찡그렸다. 병원에서 응급 치료를 받고 몇 바늘 꿰맨 상태였다.

"그럼 오늘 조사는 이만 마치죠. 곧 다시 몇 가지 질문을 드리게 될 겁니다."

"제 번호 알고 있잖아요." 그녀가 중얼거렸다.

"목사님이 오고 계세요. 혼자 있는 건 좋은 생각 같지 않네요."

"목사요?"

페이는 경찰이 무슨 말을 하는지 이해하지 못했다. 목사가 무슨 소용이란 말인가.

"네, 이런 일을 겪은 분들은 위로와 대화가 필요하거든요."

그녀는 고개를 들어 그녀를 바라보았다.

"'아이를 잃은 사람들'을 말하는 거죠?"

경찰은 잠시 머뭇거리다가 마침내 말했다.

"…맞아요."

침대 위에서 페이는 억지로 눈을 떴다. 시선이 마주친 것은 크리스의 눈빛이었다. 걱정과 단호함이 동시에 깃든 눈이었다.

"페이, 넌 이 침대에서 꼬박 보름을 누워 있었어. 더 이상 안 돼."

그녀는 문쪽을 가리켰다.

"앞으로 난 이 방에는 다시 들어오지 않을 거야. 네가 '덴젤 워싱턴이 나체로 쇠사슬에 묶여 있다.'고 외친다 해도."

다음 날, 페이는 팬티와 티셔츠만 입은 채 비틀거리며 부엌으로 나왔다. 크리스는 커피잔을 들고 잡지를 펼쳐 읽고 있었다.

"냉장고에 아침 있어. 난 여전히 린지 로한 다이어트 중이야."

페이는 의자를 끌어당겨 앉았다.

"그게 뭔데?"

"커피, 담배, 그리고 사후피임약."

크리스가 냉소적으로 웃었다.

"뭐라도 좀 먹어. 곧 일하러 나가야 해. 같이 갈래?"

페이는 고개를 저었다.

"그럼 집에 있어. 어쨌든 그 방에서 나와 줘서 고마워."

페이는 크리스의 팔 위에 손을 얹으며 눈을 마주쳤다.

"고마워. 모든 게… 네 덕분이야."

"'카사 데 크리스'에선 얼마든지 머물러도 되지만 샤워는 꼭."

소파에 누워서 페이는 야크에게 전화를 걸었다. 매일 그랬다. 물론 아이의 목소리를 듣고 싶어서였지만, 어쩌면 그보다 더 그의 목소리를 듣고 싶어일지도 모른다. 통화는 점점 짧아졌고 그의 말투에는 짜증이 묻어났다. 이젠 낯선 사람에게 전화를 거는 기분이었다.

"왜?"짧고 냉담한 목소리였다.

"나야."

"아이는 지금 없어. 방금 유치원 갔어."

그가 헛기침을 했다. 뒤에서 무슨 목소리가 들려왔다.

"오늘은 내가 바빠서 못 데려다줬고 월바가 대신해 줬지."

페이는 숨이 막혔다. 고작 2주밖에 지나지 않았는데, 야크와 월바는 이미 '가족 놀이'를 하고 있었다. 페이는 이미 대체된 사람이었다. 버려진, 하녀나 보모처럼.

"여보세요?" 그의 목소리가 다시 들렸다.

"집에 가서 좀 챙겨야 할 물건들이 있어요. 아이를 만나야겠어요."

그녀는 최대한 평정한 목소리를 냈다.

"지금은 좀 곤란해."

"뭐가요?"

"집이 뒤죽박죽이야. 우리… 이사 중이거든."

그녀는 눈을 감고 호흡을 가다듬었다. 무너지면 안 돼.

"어디로요?"

"헨리크랑 알리세 근처야."

우리.

그는 이제 '우리'라고 말했다.

2001년부터 '야크와 페이'였던 그가, 이제는 완전히 다른 사람과 '우리'였다.

페이는 수화기를 잠시 내려두었다. 몇 년간 집을 사자고 야크를 설득해 왔다. 아이를 위해서라도. 하지만 그는 도시와 회사 근처의 편리함을 포기할 수 없다고 했다. 그런데 이제, 윌바와 함께 '환상적인 매물'을 구입했다는 것이다. 그렇게 쉽게.

"필요한 물건 목록을 문자로 보내.."

"그럴게요."그녀는 이를 악물었다.

"하지만 아이는요? 아이를 만나야 해요."

"이사 끝나면 다음 주에 와."

그는 너그럽다는 듯 말하면서 전화를 끊었다.

페이는 눈을 감았다. 머릿속에 그 장면이 떠올랐다. 윌바가 아이의 머리를 매만지고 영화 보면서 머리를 땋아주는 모습이 그려졌다. 또한 그들의 침대를 상상했다. 가장 잔인한 아이러니는 윌바가 바로 그녀가 될 수도 있었던 여인이라는 사실이었다. 단지, 그가 "집에서 남편을 돌보는 아내"를 원한다고 했기에 그렇지 않았을 뿐이다. 그런데 왜 지금 와서 바뀐 걸까? 페이는 더 이상 자신이 누군지도 몰랐다. '야크 아델헤임의 아내'가 아니라면, 도대체 나는 누구란 말인가? 그와 함께한 세월 동안, 페이는 자기 자신을 벗겨내듯 조금씩 잃었다. 하나하나 껍질을 벗기고 나니, 남은 건 아무것도 없었다.

페이는 크리스의 차를 빌렸다. 손이 너무 심하게 떨려서 핸들을 잡기도 어려웠다.

도로는 한산했다. 햇살이 내리쬐고 옅은 구름이 푸른 하늘을 가로질렀다. GPS 지시를 따라가자 언덕 위에 거대한 석조 저택이 나타났다.

'환상적인 매물.'

진입로에는 테슬라가 주차되어 있었다. 사람들이 이삿짐 트럭에서 박스를 나르고 있었다. 그녀는 초인종을 눌렀다. 카메라에 얼굴을 비추자, 몇 초 뒤 묵직한 전동음과 함께 문이 열렸다.

그 순간, 아이가 뛰어나왔다.

페이는 딸을 끌어안았다. 울지 않기로 다짐했지만, 눈가가 뜨겁게 타올랐다. 꾹 참아야 해. 절대 울면 안 돼.

문 앞에 야크가 나타났다. 베이지색 치노 팬츠, 연두색 풀오버, 그 아래 하늘색 셔츠 칼라가 살짝 보였다. .

"사랑해, 내 딸."

페이는 아이의 머리에 입을 맞췄다.

"엄마는 아빠랑 잠깐 얘기 좀 해야 하니까, 혼자 놀 수 있겠니?"

아이는 고개를 끄덕이고 엄마의 뺨에 입을 맞춘 뒤 집 안으로 뛰어들어갔다. 야크는 태연하게 미소지었다. 그 얼굴을 할퀴고 싶은 자신과 그 품에 안겨 울고 싶은 마음이 동시에 존재했다.

"어때?"그가 손짓으로 저택을 가리켰다.

마치 아무 일도 없었던 사람처럼.

"우리 얘기 좀 해야겠어요."그녀의 목소리는 단호했다.

몸속에 아드레날린이 치밀었다.

"무슨 얘기?"

"지금까지의 일. 그리고… 이 모든 것."

"설마 이게 갑작스럽다고 생각하는 건 아니지? 이런 일이 일어날 줄 알았을 거야."

그가 한숨을 내쉬었다.

"그래, 잠깐 들어와."

집 안에는 이삿짐 상자가 쌓여 있었다. 두 남자가 소파를 들어 계단을 오르고 있었다.

"이쪽으로 앉자."

그가 유리로 둘러싸인 베란다로 안내했다. 창밖으로 물빛이 반짝였다.

페이는 처음 보는 의자에 앉았다. 월바가 가져온 가구일 것이다. 아니면 새로 산 걸지도. 낡은 건 버리고 새것으로.

아내도, 가구도 마찬가지였다.

"돈이 조금 필요해."

그가 손을 내려다보다가 고개를 끄덕였다.

"알겠어요. 몇천 크로나쯤 송금할게요."

페이는 베란다 밖으로 시선을 돌렸다. 맑은 물결이 반짝였다. 아이는 여름이면 저기서 수영을 하겠지.

"집을 사야 해. 아이가 편하게 지낼 수 있어야 하잖아."

"그건 당신이 해결해야죠. 임시로 셋집 구하는 데 보탤 돈은 보내줄게요."

사실상 모든 재산은 야크 명의였다. 페이는 저축도, 일자리도 없었다. 그래도 아이를 위해서 자존심 따위 버려야 했다.

페이는 야크를 바라봤다. 머리는 평소보다 짧았다. 처음 만났을 때, 페이는 그의 머리를 직접 잘라주곤 했다.

"내가 부자가 돼도 머리는 네가 손질해줘. 네 손길이 좋아서."

그의 말이 떠올랐다. 또 하나의 깨진 약속이었다.

그는 스톡홀름 최고의 미용사 마레에게만 머리를 맡겼다.

"율리엔은 어떻게 할 거예요?"

"당분간은 여기서 있어야지. 월바랑도 잘 지내고 있어."

그는 흡족하게 웃었다. 창밖으로 거위 몇 마리가 물가를 거닐고 있었다. 거기다 실컷 똥이나 싸라, 페이는 속으로 중얼거렸다.

"결정한 거예요?"

“뭘?”

“그 여자를 선택한 거예요?”

그는 잠시 생각하더니, 미간을 찡그렸다.

“당연한 거 아냐? 너랑은 행복하지 않았어, 페이.”

그 말이 칼처럼 가슴을 베었다. 페이는 묻고 싶었다. 언제부터였어? 월바와의 관계가. 하지만 또 하나의 칼을 맞을 여력은 없었다. 그녀는 자리에서 벌떡 일어나 아이를 불렀다.

“저녁 여섯 시에 데려다주는 거죠?”

“그래.”

아이가 뛰어왔다. 페이는 딸의 손을 잡고 집을 나섰다. 차를 몰며, 아이가 신나게 떠들었다.

“엄마, 내 방은 바비 공주 방보다 훨씬 예뻐!”

페이는 악셀을 밟았다.

몇 주가 흘렀다. 매일 밤 페이는 크리스의 차를 빌려 그 웅장한 빌라에서 조금 떨어진 곳에 차를 세웠다. 야크와 월바는 와인을 마시고 키스하고 저녁을 먹고 웃었다. 아이는 항상 혼자이거나 보모와 함께였다.

슬픔은 여전히 남아있지만 페이는 곧 지나갈 것이라고 스스로를 설득했다. 야크는 페이의 헤로인이었고 금단증상이 사라지면 일어서리라, 시간이 가면 고통도 죽을 것이라고. 이전에도 그랬던 것처럼.

페이는 어렴풋이 자신이 한때 가족 안에서 강한 존재였다는 것을 기억했다. 그 힘은 어딘가에 남아 있어야 했다. 그가 그것까지

훔쳐갈 수는 없었다.

야크가 전화했을 때 페이는 크리스의 주방 식탁에 앉아 있었다. 그가 모든 일이 실수였다면서 집으로 오라고 매달릴 것이라고 상상했다.

야크는 페이가 위자료를 받지 못할 거라고 설명했다.

"혼인 계약서가 유효해."그가 긴 설명을 마무리했다.

"그리고 네가 직접 서명했어. 변호사들과 한 번 더 확인하고 싶었어."

"혼인 계약은 형식적인 것일 뿐이라고 했잖아요?"

그는 대답하지 않았다.

"무슨 말 하는지 모르겠네."

"충분히 모욕하지 않았나요? 내 삶은 망가졌어요."

"네가 집에서 빈둥거리는 동안 내가 열심히 번 돈이야."

그가 콧방귀를 뀌었다. "너도 일 좀 해라. 가끔은 현실 속에서 살아봐. 사람들이 너처럼 몇 년간 긴 휴가를 보내는 게 아니야."

페이는 숨을 들이쉬고 내쉬었다. 그가 그들 함께한 세월을, 모든 것을 단칼에 지울 수 있다고 믿지 않기로 버텼다.

그런데 야크가 페이의 생각을 끊었다.

"나랑 윌바를 내버려 둬."

전화를 끊고서도 페이는 한참 동안 수화기를 손에 든 채로 앉아 있었다. 그러다 비명을 지르기 시작했다. 원초적 비명이었다. 그리고 의자에 몸을 기댄 채, 익숙한 어둠이 몸의 모든 숨구멍 사이로 스며드는 것을 느꼈다. 그토록 잊어버리려고 했던 그 어둠. 이제 페이는 서서히 자신이 누구였는지 기억하기 시작했다. 증오는 익숙하고 안락했다. 그것은 페이를 따뜻한 고치로 감싸주었고 목표와 의미를 주었다. 야크에게 보여주겠다고 다짐했다. 다시 일어설 것이다.

페이는 수년 만에 처음으로 지하철에 올랐다. 외스테르말름스토리 역에서 타서 노르스보리 역까지 갔다가 되돌아왔고, T-센트랄렌 역에서 내려 세르겔스 토르그를 가로질렀다. 그곳은 여전히 마약 거래로 얼룩진 공간이었다. 13년 전 처음 스톡홀름에 왔을 때 그 모습과 다름없었다.

지금의 스톡홀름은, 예전과는 전혀 다른 도시처럼 느껴졌다. 서른두 살의 페이는 마치 새롭게 태어난 사람 같았다. 올로프 팔메 추모 명판을 지나쳤다. 묘지 옆 노천 카페에는 봄바람 속에서 맥주잔을 움켜쥔 채 담배를 피우는 사람들이 앉아 있었다. 가난한 사람들, 실업자들, 사회의 가장자리에서 살아가는 이들이었다.

페이는 문을 밀고 안으로 들어갔다. 그리고 맥주 한 잔을 시키고, 구석 자리에 조용히 앉았다. 맥주는 밍밍했고, 머릿속은 뒤죽박죽이었다.

'그가 했던 말들은 전부 거짓이었을까? 윌바가 첫 번째였을까, 아니면 그 전에 이미 다른 여자들이 있었을까?' 지금까지는 생각조차 하기 싫었던 기억들이 한꺼번에 몰려왔다. 분노가 차올랐다.

페이는 핸드백에서 휴대폰을 꺼내 알리세의 번호를 눌렀다.

"지금 시간 있어?"

알리세의 목소리가 머뭇거렸다.

“물어볼 게 있어. 솔직히 대답해줘.”

“음… 잠깐만…” 뒤에서 아이 우는 소리가 들렸다. 알리세는 보모를 부르며 문을 닫았다. 소음은 금방 멀어졌다.

“좋아, 말해.”

“윌바 얘기… 넌 알지? 꽤 오래된 일이겠지. 얼마나 된 일인지, 그리고 다른 여자들과도 있었는지 알고 싶어.”

“그건…”

“핑계는 됐어, 알리세. 너도 알고 있었잖아. 싸우자는 게 아니야. 단지 진실을 알고 싶은 거야.”

잠시 침묵이 흘렀다. 그녀는 기다렸다.

알리세가 깊은 숨을 내쉬었다.

“야크는 널 속였어. 나도 그 기분 알지.”

알리세는 말을 멈추었다. 그녀 자신이, 그동안 연기해 왔던 ‘무관심한 척’을 깨뜨렸다는 걸 깨달았을 것이다.

페이는 잠시 그 말을 곱씹었다. 오히려 안도감이 밀려왔다. 이미 알고 있었던 사실이었다.

“미안해.”알리세의 목소리가 떨렸다.

“괜찮아. 이미 알고 있었어.”

“야크한테 이 얘기 안 할 거지?”

“약속해.”

“고마워.”

페이는 침착하게 말했다.

“넌 헨리크를 떠나야 해. 나는 여기까지 왔지만, 이제 알았어. 이

지옥을 빠져나가면, 진짜 자유가 올 거야."

"하지만 난… 난 행복해."

"나도 그렇게 믿었지. 시간이 지나면 알게 될 거야, 알리세. 언젠가 너도 나처럼 될거야."

페이는 더 이상 대답을 기다리지 않고 전화를 끊었다. 할 말은 이미 충분했다. 그녀도 수천 번이나 같은 생각을 되뇌며 살아왔을 테니까. 하지만 그것은 이제 알리세의 몫이었다. 페이는 지금, 전쟁을 준비하고 있다.

그녀는 자신이 가진 최고의 무기를 알고 있었다. 여성성. 그것은 남자들이 그녀를 과소평가하게 만들었다. 페이는 언제나 야크보다 똑똑했다. 다만, 그 사실을 그도, 그녀 자신도 잊고 있었을 뿐이었다. 이제 그녀는 그걸 모두에게 상기시킬 것이다. 그에게도, 그리고 페이 자신에게도.

우선은 그가 페이를 믿게 해야 했다. 여전히 순진하고, 의존적이고, 사랑에 눈먼 페이라는 걸. 그건 어렵지 않았다. 이미 그 역할은 익숙해 있었으니까. 그러나 그 이면에서 자신만의 사업을 펼칠 생각이다. 먼저 집을 구해야 했다. 더는 크리스의 집에 기대어 살 수 없었다. 도심의 월세를 감당할 여유도 없었고, 아이의 유치원과 멀리 떨어질 수도 없었다. 돈을 모아서 인맥을 쌓고, 준비해야 할 것이 많았다. 그를 무너뜨리기 전에 이뤄야 할 목표들도 산더미였다. 그럼에도 그녀는… 들떠 있었다.

"종이랑 펜 좀 줄래요?"

페이가 말했다. 바텐더가 펜을 내밀고, 냅킨 더미를 가리켰다.

페이는 냅킨 위에 해야 할 일들을 써 내려가기 시작했다. 그리고 야크에게 전화를 걸었다. 휴전 제안이었다. 재정비할 시간, 힘을 모을 시간이다.

"요즘 너무 힘들었어요. 이제 정신이 든 것 같아요. 당신 말이 맞았다는 걸 알았어요."

페이는 맥주를 한 모금 마셨다. 잔이 거의 비었을 때, 새로운 맥주잔이 앞에 놓였다. 그녀는 거품 위에 손가락으로 동그라미를 그었다. 그 순간, 크리스가 김 서린 유리창에 하트를 그리던 날이 떠올랐다.

"그래, 힘들었겠지." 그의 목소리에는 놀람과 오만한 관대함이 섞여 있었다.

마지막 한 모금을 마셨다. 페이는 피식 웃음을 터뜨렸다. 그 웃음은 멈추지 않았다. 술과 자유, 그리고 해방감에 취한 웃음이었다.

페이는 새로운 시작을 위해, 아주 중요한 한 걸음을 내디뎠다. 1920년대에 지어진 빨간 벽돌 2층 빌라가 조용한 주택가 안에 있었다. 그녀는 잘 정돈된 정원을 지나 문을 조심스레 두드렸다.

문이 열리자, 한 여성이 나왔다. 날카로운 얼굴에 머리는 묶고 있었다. 군더더기 없는 검은 터틀넥과 정장 바지 차림이다. 태도는 엄격했다. 그녀는 주름진 손을 내밀며 말했다.

"저는 셰르스틴입니다. 들어오세요."

셰르스틴의 안내에 따라 좁은 복도를 지나 거실에 들어서자, 바다 풍경과 자연 풍경이 그려진 그림들이 벽을 장식하고 있었다. 한

쪽 벽에는 낡은 소파가 자리했고, 구석에는 오래된 피아노가 놓여 있었다.

"여기, 정말 예쁘네요." 그녀는 진심으로 말했다.

"조금 구식이긴 해요."

"커피 드릴까요?" 셰르스틴이 물었다.

페이는 고개를 저었다.

"그럼, 당신과 당신 딸이 여기 살고 싶은 거죠?" 셰르스틴이 물었다.

"네. 딸아이는 네 살이에요."

"이혼하셨군요?"

그녀는 고개를 끄덕였다.

"원만한 이혼이었나요?"

"아니요."

셰르스틴은 한 쪽 눈썹을 살짝 올리며 그녀를 바라보았다.

"일은 하고 계신가요?"

"아직은요. 곧 시작할 생각이에요. 일단 안정된 기반이 필요해요."

셰르스틴은 자리에서 일어나, 계단 위로 인도했다. 2층에는 작은 거실 하나와 두 개의 침실이 있었다. 페이는 여기가 꼭 필요한 공간이라는 것을 느꼈다.

"월세는 5,000크로나예요."

"좋아요." 그녀는 단호하게 말했다.

이틀 후, 크리스가 이사를 도왔고 셰르스틴은 계단 위에서 팔짱을 낀 채 그들을 지켜보았다. 이제 페이는 야크에게 아무것도 기대하지 않았다. 오히려 뭔가를 빼앗고 싶었다. 그게 더 재미있을 것 같았다.

며칠 후, 셰르스틴이 문을 두드렸다.

"말씀하신 따님은 어디 있어요?" 셰르스틴이 물었다.

"아빠랑 있어요. 이번 주말에 오기로 했어요."

"그가 당신을 떠난 거군요?"

"네."

"누구 잘못이었다고 생각하나요?"

"누구 잘못요?"

"그러니까… 뭔가 잘못이 있었겠죠."

"그럼 그건 그의 잘못이에요." 그녀가 말했다.

페이는 스스로 놀랐다. 그리고 동시에, 셰르스틴은 그냥 고개를 천천히 끄덕였다.

페이는 옷장을 정리하고, 청소기를 돌리고, 새 침대 시트로 침대를 정돈했다. 빨리 일을 찾아야 했다. 월세를 내고, 아이에게 필요한 것들을 사야 했다.

밖에는 금발의 남자가 큰 로디지안 개를 산책시키고 있었다. 페이는 그들을 한참 지켜보았다.

몇 시간 뒤, 셰르스틴은 환영 파티를 위한 저녁을 준비했다. 메뉴는 판비프와 감자, 브라운 소스였다. 둥근 식탁 위에는 링곤베리와 절인 오이가 놓여 있었다.

"정말 맛있어요." 페이가 말했다.

"고마워요." 셰르스틴은 접시에 음식을 더 담으며 말했다.

창가 쪽에는, 젊은 시절의 셰르스틴 사진이 놓여 있었다. 그녀는 흰색 드레스를 입고 있었고, 머리는 갈색이었다.

"런던, 60년대 말이에요. 그때는 유모로 일했었어요. 그러다 켄싱턴 경에게 반했죠."

"왜 그곳에 남지 않으셨나요?" 그녀가 물었다.

"켄싱턴 경의 어머니는 제가 스웨덴 유모라는 사실을 못마땅해했어요. 몇 년 후, 그는 메리라는 귀족 여인과 결혼했고요."

"아… 안타깝네요."

"그냥 그렇게 된 거예요. 전 불평하지 않아요."

"결혼해 본 적은요?"

"네. 랑나르라는 사람과요."

셰르스틴은 잠시 시선을 돌리며 터틀넥을 단정히 가다듬었다. 방 안을 둘러보았지만, 랑나르와 관련된 사진은 하나도 보이지 않았다.

셰르스틴은 자리에서 일어나 거실로 나갔다가, 한 장의 사진을 들고 돌아왔다. 사진 속 남자는 상반신을 드러낸 채 흰색 반바지를 입고 햇볕 아래에서 일광욕을 하고 있었다.

"랑나르." 셰르스틴이 말했다. "1981년, 팔마에서요."

"아, 멋지네요." 그녀가 말했다.

"오랜 시간 함께한 사람을 잃는 건 정말 힘든 일이겠죠. 언제 돌아가셨어요?"

"돌아가다니요?"

셰르스틴은 눈을 크게 뜨며 그녀를 바라보았다.

"랑나르는 살아 있어요. 지금은 쇠데르말름에 있는 양로원에 있어요."

"무슨 말씀이에요?" 페이가 놀라서 물었다.

"3년 전, 그가 뇌졸중을 겪었어요."

"그럼 지금은 혼자 사시는 건가요?"

셰르스틴은 천천히 고개를 끄덕였다.

"네. 하지만 괜찮아요. 그가 아직 숨 쉬고 있다는 사실이 마음에 걸릴뿐이에요."

셰르스틴은 사진을 응시하다, 천천히 그 사진을 뒤집었다. 그리고 미소 지으며 말했다.

"더 많이 드세요. 맛있는 음식은 영혼을 치유하니까요."

페이는 고개를 끄덕이며 접시를 받았다. 오랜만에, 음식이 맛있게 느껴졌다.

다음 날 아침, 페이는 일찍 잠에서 깼다. 삐걱거리는 계단을 내려가자, 갓 내린 커피의 향이 부엌 안에 퍼져 있었다. 셰르스틴이 커피 향 속에서 신문 두 부를 펼쳐 놓고 있었다. 탁자 위에는 일간지와 경제지가 나란히 접혀 있었다. 어제 부엌 테이블 위에 놓여 있던 남자의 사진은 어디에도 보이지 않았다.

"좋은 아침이에요." 셰르스틴이 조용히 인사했다.

"커피 한 잔 하실래요?"

그녀는 테이블에 앉아 신문을 집어 들었다. 신문 속 기사는 한 남자의 이름을 언급하고 있었다. 그 기사는 "상장 관련 루머 부인"에 관한 것이었지만, 그 남자가 아는 사람이라는 사실이 기억을 스쳤다. 페이는 숨을 깊이 내쉬었다. 셰르스틴이 고개를 들고 그녀를 살폈다.

"좋지 않은 소식인가요?" 셰르스틴이 조심스레 물었다.

"그냥 예전에 알던 사람일 뿐이에요."

기사는 야크가 음악 서비스 회사에서 일하게 됐다는 사실을 전했다. 여자친구인 윌바 렌도르프와 함께 살고 있다는 언급은 없었다. 하지만 그녀는 알았다. 그들은 이 사실을 분명히 알고 있을 것이다. 야크는 이미 윌바를 바꿔 놓기 시작했다. 페이는 속으로 생각했다. '다음은 윌바가 일을 그만두는 거겠지.' 그 반응이 기쁨인지, 아니면 씁쓸함인지, 페이는 가늠할 수 없었다. 그저 씁쓸했다. 윌바는 이미 자신의 역할을 받아들였다. 그의 '소유물'처럼.

페이는 신문을 덮고, 다시 한 번 빠르게 훑었다. 아직은 계획도, 확실한 방향도 없었다. 단지 정보를 모으고 있을 뿐이었다.

"오늘은 뭐 하실 계획이에요?" 셰르스틴이 물었다.

"산책하려고요. 혹시, 전단지를 프린트할 수 있는 곳 알아요?" 그녀가 말했다.

"전단지요?" 셰르스틴은 눈을 살짝 치켜올리며 물었다.

"네, 작은 사업을 시작해보려 해요." 그녀가 대답했다.

"오, 그래요?"

셰르스틴은 고개를 끄덕였다. "그럴 수 있겠군요."

페이는 개를 산책시켜 주는 서비스를 떠올렸다. 이 동네는 많은 사람들이 개를 키우고 있었다. 개를 아침저녁으로 산책시켜 주는 서비스라면, 간단하게 시작할 수 있는 일이었다. 그렇게 돈을 벌고, 앞으로 무엇을 할지 생각하면 될 것이다.

그날 오후, 도서관에서 전단지를 출력했다. 그리고 동네 곳곳에 스무 장 남짓 붙였다. 페이는 개를 산책시키며 운동도 하고, 동시에 돈까지 벌 수 있었다. 그것은 지금 꼭 필요했던 출발점이었다. 크리스가 도와줄 수도 있었지만, 더 이상 기대고 싶지 않았다. 몇 년 만에, 처음으로 의지를 느꼈다. 과거의 고통이 그녀를 짓누르던 족쇄에서 앞으로 나아갈 원동력이 되었다.

페이는 집으로 돌아오다가 노란 집 앞 가로등 아래에서 잠시 멈춰 섰다. 잔디밭 위 트램펄린에서는 두 소녀가 아이처럼 뛰놀고 있었다. 그들의 웃음소리가 공기를 흔들었다.

그녀는 속으로 되뇌었다.

'여자들은 얼마나 더 남자들에게 속아야 할까? 그녀들의 꿈은 얼마나 더 부서져야 할까?'

그 너머에는, 남자들이 여성들에게 가할 상처들이 기다리고 있었다. 외모로 평가받고, 애써 웃음을 강요당하고, 마치 상품처럼 취급받는 고통은 어쩌면 모든 여성이 공유해온 기억일지도 모른다. 그 순간, 그녀는 결심했다. 이젠 끝이다. 우리는 강해질 것이다. 더 이상 침묵하지 않을 것이다.

페이는 노트북을 켜고, 엑셀을 열어 일정을 입력했다. 다음 날, 두 건의 개 산책 예약이 잡혔고, 시간당 120크로나를 받기로 했다. 그리고 개인 사업자 등록을 마쳤다. 언젠가 이 회사를 주식회사로 바꿀지도 몰랐다.

새로운 삶은 그렇게 천천히, 그러나 분명히 시작되고 있었다.

비가 퍼붓고 있었다. 비는 외투 속으로 스며들었고, 몸 구석구석이 축축하게 젖었다. 페이는 이렇게까지 흠뻑 젖은 적이 있었는지 기억나지 않았다. 강아지 소로와 알프레드를 끈으로 붙잡아 끌고 있었다. 몇 달 전 누군가가 "오늘 생일에 폭우 속에서 두 마리 골든 리트리버와 함께 산책하게 될 거야"라고 말했다면, 페이는 그 사람이 미쳤다고 생각했을 것이다. 하지만 인생은 언제나 예측을 비껴간다. 그것을 그녀는 누구보다 잘 알고 있었다.

최근 몇 주 동안, 새로운 일상이 시작되었다. 매일 아침 5시 30분에 일어나 샤워하고, 캐비아를 곁들인 삶은 달걀을 아침으로 먹은 뒤 집을 나섰다. 하루 두 번이던 개 산책은 어느새 여덟 번으로 늘어났다. 밤늦게까지 개를 돌보는 일도 있었지만, 셰르스틴은 흔쾌히 허락해 주었다.

비가 더욱 세차게 내리자, 페이는 마지막 산책을 끝내고 집으로 돌아갔다. 발은 땅에 닿기조차 버거울 정도로 피로했다. 욕실 문을 열자 세면대 위에 정원에서 꺾어온 꽃다발이 놓여 있었다.

셰르스틴이 말했다.

"생각보다 힘들었을 거예요. 당신에게 이게 필요하다고 느꼈어요."

그리고 부엌 테이블 위에는 그녀를 위한 작은 선물이 놓여 있었다.

"생일인줄 알았어요." 그녀가 속삭였다.

"임대 계약서에 써 있었으니까요. 나이까지는 몰랐지만요."

셰르스틴이 말했다. "이제 욕조에 들어가요."

따뜻한 물에 몸을 담그고 나올 무렵, 배에서는 꼬르륵 소리가 들려왔다. 냉장고에서 삶아둔 달걀을 꺼내고, 캐비아를 듬뿍 올려 먹었다. 그리고 작은 상자를 열었다. 그 안에는 검은색 나이키 운동화가 있었다. 신발은 잘 맞았고, 그녀는 거실을 몇 걸음 걸어본 뒤 셰르스틴의 방 앞에서 멈춰 섰다. 방 안에서 새어나오는 불빛에 이끌려 문을 두드렸다.

셰르스틴은 침대에 앉아 책을 읽고 있었다.

페이는 침대 가장자리에 앉아 발을 들어올리며 말했다.

"딱 맞아요. 고마워요."

침대 난간에 등을 기대고, 그녀는 셰르스틴에게 물었다.

"랑나르를 만난 얘기를 한 적 있었나요?"

페이는 고개를 저었다.

셰르스틴은 한숨을 쉬며, 과거를 꺼냈다.

"나보다 열 살쯤 많았죠. 기혼자였고 사업가이자 백만장자였어요. 아름다운 미소, 사랑스런 말, 좋은 레스토랑, 꽃과 칭찬… 처음에는 사랑인 줄 알았죠."

그녀는 침묵 속에서 듣고만 있었다.

셰르스틴은 고개를 돌려 천천히 말했다.

"그러다 폭력이 시작됐어요. 점점 심해졌고, 아이를 잃었어요. 저는… 저는 그가 쓰러질 때, 도와주지 않으려 했어요. 결국 구급차를 불렀죠. 그가 구급차에 실려 가며 내 눈을 마주쳤을 때… 그는 알았어요. 내가 그를 죽일 수 있다는 걸."

그 말을 들으며 페이는 몸이 굳는 듯했다. 세월이, 사랑이, 폭력이 남긴 흔적이 고스란히 느껴졌다.

셰르스틴은 손가락으로 하얀 머리카락을 쓸어 넘기며 말했다.

"당신은 야크 아델헤임과 결혼했었죠?"

페이는 고개를 끄덕였다.

셰르스틴은 이불을 살짝 움켜쥐면서 조용히 물었다.

"내가 돕고 싶어요. 무엇이든 말해요."

페이는 눈을 감고 결심했다. 오래 기다려 왔던 그 결심이었다.

페이는 조용히 입을 뗐다.

"야크를 무너뜨릴 계획이에요."

셰르스틴은 고개를 끄덕였다. 때때로 작은 미소가 그녀의 얼굴을 스쳤다.

"함께라면 할 수 있어요."

이제 그녀는 더 이상 혼자가 아니었다.

새로운 사업은 조금씩 자리를 잡아 갔다. 두 명의 여성 직원을 채용하고, 밤에도 개들을 돌볼 수 있도록 지하실까지 개조했다. 수치는 곧 빨간색에서 검은색으로 바뀌기 시작했다.

그 사이 페이는 15킬로그램을 감량했다. 예전 옷들은 헐렁해졌고, 셰르스틴은 벨트에 구멍을 하나 더 뚫어 주어야 했다. 새 옷을 사라는 말에 페이는 웃으며 거절했다. 돈을 모을 때까지는 한 푼도 쓸 수 없어요."

그 집으로 이사 온 이후, 집안일은 셰르스틴이 도맡았다. 다행히도 셰르스틴은 아이를 기쁘게 받아들였다. 두 사람은 마치 작고 단

란한 가족처럼 살아갔다.

얼마 후, 여름 햇살이 부드럽게 내리쬐는 8월의 어느 날, 페이와 크리스는 세 마리의 개와 함께 운동장 맞은편 산책길을 걸었다.

"나도 이런 개 한 마리 갖고 싶을 것 같아."

크리스의 말에, 페이는 부드럽게 웃었다.

"나쁘지 않은 생각이야. 매일매일 개가 인간보다 낫다고 느껴져."

크리스는 웃으며 말했다.

그 순간, 골든 리트리버 중 하나가 기둥 옆에 다가가 소변을 보았다.

"좋아. 이제 기회가 왔어."

"무슨 일인데?"

크리스가 물었다.

"지금은 여기서 말할 수 없어."

페이는 방금 장난처럼 뒹구는 슈나우저를 바라보며 대답했다. 그리고 크리스의 눈을 바라보며 말했다.

"이번 주말에 저녁 먹을 시간 있어? 사업 계획을 보여줄게."

크리스는 잠시 망설이다 고개를 끄덕였다.

"좋아. 한 가지 조건이 있어."

"말해 봐."

"외출하자. 와인 마시고 수다 떨고, 남자들 유혹하는 거 어때? 네가 할 일은 사업 계획이랑, 네 아름다운 미소, 그거 하나면 돼. 그리고 꼭 몸매가 드러나는 옷 입고 와. 이제 너도 먼지를 털어낼 때야."

크리스와의 약속은 새로운 힘이 되었다. 오랜만에 살아 있다는 느낌을 되찾았다.

야크는 막판에 전화해서는 주말에 아이 봐줄 수 있냐고 물었다. 하지만 페이는 처음으로 단호하게 말했다.

"안 돼요."

"왜?"

"크리스랑 외출하기로 했어요."

그날 밤, 페이는 침대에 누워 천장을 바라보았다. 창문 너머로 여름 공기가 살며시 스며들었다. 다시 한 번, 결심했다. 과거의 굴욕은 이제, 더 이상 족쇄가 아니다. 그것은 페이를 앞으로 나아가게 하는 연료가 될 것이다.

홀의 붉은 벨벳과 은은한 조명이 뒤섞인 가운데, 페이는 검은 미니 드레스와 하이힐—두려움과 기대가 뒤섞인 옷차림—로 홀을 가로질렀다. 손끝이 떨릴 듯한 감각, 가슴이 뛰는 리듬, 그리고 오래전 잊었던 촉각이 되살아났다. 몇 년 만에 느껴보는 나 자신.

크리스가 벌떡 일어나 과장된 박수를 보내자, 홀 한켠에 앉은 더블브레스트 차림의 남자들이 페이와 크리스를 신기한 듯 바라봤다. 따뜻한 미소와 함께 크리스가 낮게 말했다.

"세상에, 너 완전 끝내준다."

"너도 만만치 않네."

페이는 미소를 지으며 크리스의 은빛 스팽글 드레스를 천천히 만졌다. 그 반짝임 속에, 오늘 밤의 결의가 반사되었다.

방안의 정적이 깨지는 순간이었다.

외부의 수군거림과 속삭임에도, 그 붉은 소파에 앉은 둘은 마치 무대 위 배우 같았다. 그러나 그 무대는 복수와 해방의 서막이었다.

"네가 했던 말 기억해? 넌 여자를 잘 안다고 했지. 결국 알게 됐잖아. 모두가 원하는 건 '복수'라는 걸. 우리를 버린 바람둥이 남편들 때문에, 우리를 이용하고 기만했던 남자들에게 되갚아주려는 그 마음 말이야."

크리스의 표정에는 흥이 돌았다.

"생각해봐. 대단한 여성 창업자들, 백화점도 금융회사도 가진 사람들이 있어. 내가 지분 51%를 가지고 49%를 투자자들에게 파는 모델을 만들 거야. 49명의 비즈니스 우먼에게 각각 1%씩을 주고 내가 직접 찾아가 투자하게 만들 거고. 핵심은 소셜미디어야. 인스타며 블로그 인플루언서들이 모두 '리벤지' 라인을 링크할 거야. 왜냐면 그들은 내 편을 들 테니까. 바이럴 만드는 건 아무 문제 없어."

"근데, 뭘 팔 건데?"

크리스는 웨이터를 손짓해 샴페인을 다시 채웠다. 그녀의 잔은 이미 바닥나 있었다. 옆 부스의 사업가들이 음흉한 눈길을 보내자, 크리스는 등을 돌렸다.

"스킨케어랑 향수."

크리스는 고개를 끄덕였지만 여전히 회의적인 눈치였다.

붉은 벨벳 소파에 마주 앉자, 페이는 조심스럽게 가방에서 한 장의 종이를 꺼내 밀었다. 샴페인 잔이 흔들리는 동안, 그 위에 새겨진 단어가 조용히 반짝였다. Revenge.

그 한 단어가 방 안의 공기를 바꿔놓았다.

크리스가 물었다.

"그러면, 어떻게 복수할 거야?"

"회사를 내가 인수할 거고, '제국'을 만들 거야. 같은 상처를 가진 여성들과 함께."

"빡센 시장이야."

"알아. 말아먹을 수도 있지. 내가 묻고 싶은 건, 네가 내 첫 번째 '1%'가 돼줄 수 있냐는 거야."

"얼마?"

"10만 크로나."

"어디에 사인해?"

크리스가 잔을 들어 웨이터에게 가장자리까지 채우라고 손짓했다. 페이도 잔을 들었다. 예상한 대로였다. 첫 번째, 쉬운 1%는 확보됐다. 이제 어려운 48개가 남았다.

식사를 마친 뒤, 그들은 리셰에 자리를 부탁했다. 조명 아래 패스 구멍 너머로 튀어나오는 셰프들의 구령, 부딪히는 그릇 소리, 종종걸음 소리가 이어졌다.

리셰는 언제나처럼 만석이었다. 크리스는 곧바로 카바 한 병을 주문했다. 이쯤 마셨으면 샴페인은 사치였다. 사실은 샴페인보다 카바나 프로세코를 더 좋아했다.

얼음통에 꽂힌 병이 도착했다. 페이는 잔을 들어 크리스에게 부딪쳤다.

"자유를 위하여." 생각보다 비장하게 들렸다. 술은 진부함을 걸러주는 필터를 망가뜨렸다.

크리스는 진지하게 눈을 맞추었다.

"그래, 깨닫는 데 몇 년이나 걸렸네. 이제 넌 자유야. 건배. 그리고 신이 그에게 자비를."

"나, 할 수 있을까? '리벤지'말이야."

페이가 잔을 내려놓으며 말했다.

"첫 단계인 투자자 모으기는 쉬울 거야." 크리스가 말했다.

"우리 모두 한 번쯤 당했거든. 크든 작든. 덕분에 홍보와 마케팅은 걱정마. 복수는 팔리거든."

크리스는 히죽 웃으며 잔을 비웠다.

"몇 년은 걸릴 거야. 미친 짓일까? 복수를 위해 이렇게 시간을 쓰겠다는 게?"

잠시 페이의 마음이 흔들렸다.

"아니. 그가 한 짓을 생각하면."

크리스가 잔을 들더니 말을 이었다.

"이혼 자체야 그럴 수 있어. 하지만 아이 엄마를 빈손으로 내치는 건 아니지."

"맞아. 네 말이 맞아."

바로 그때 누군가 테이블 끝에 서 있었다. 검은 티셔츠, 어두운 바지, 팔을 가득 덮은 문신, 짧게 민 머리, 도톰한 입술이 매력적인 청년이었다. 젊은 시절의 야크를 보는 듯했다.

"실례합니다만" 그가 말했다.

"저랑 친구들이 패배자들이랑 부딪히는 게 너무 지겨워서요. 혹시 여기 망명 신청 좀… 아니면 임시 체류라도 가능할까요?"

몇 미터 떨어진 곳에서 남자 둘이 손을 흔들고 있었다.

"잠깐만요." 크리스가 말했다.

"네, 기다릴게요." 그는 친구들에게 돌아갔다.

크리스가 웃었다. "어때?"

그녀는 어깨를 으쓱했다. "왜 안 돼?"

"몇 달 전만 해도, 이런 어린 남자애들이랑 앉아 있는 거 창피하다고 했을걸?"

"그땐 유부녀였지. 우리라고 못 할 게 뭐 있어. 그리고…"

그녀는 말을 멈췄다. 알리세와 눈이 마주쳤기 때문이다. 몇 테이블 떨어진 곳에서 알리세가 일행과 앉아 있었다. 페이가 알아본 걸 눈치채자, 알리세는 재빠르게 시선을 돌렸다.

"오게 하자. 재밌겠네." 그녀가 잔을 비웠다.

잔이 채워지는 동안에도 알리세의 시선이 옆구리를 태웠다. 저쪽 테이블에서 수군대는 기척이 느껴졌다.

크리스는 카바 두 병을 더 주문하고 남자들이 앉을 공간을 만들었다. 세 남자의 눈은 초롱초롱했고 감탄으로 가득 차 있었다. 그녀는 비로소 세대 차이를 실감했다. 이 세대의 남자들은 야크와 달랐다. 성공한 여자를 두려워하지 않았다. 오히려 호기심을 품고 크리스의 비즈니스에 대해 질문을 던지고, 진심으로 칭찬했다. 알리세와 그 일행이 테이블을 지켜보는 시선이 계속 느껴졌다.

이제 뭘 하든, 누구와 함께하든 그가 간섭할 수 없다. 그 사실이 카바보다 더 취하게 했다. 그리고 몇 달 만에, 다리 사이가 뜨거워지기 시작했다. 페이는 검은 티셔츠 남자를 잡아당겨 입을 맞췄다. 그의 혀가 스치고 손이 허벅지를 쓰다듬자 금세 젖어들었다.

키스는 길지 않았다. 떨어지면서 페이는 알리세를 향해 잔을 들어 보였다. 알리세는 몇 초간 노려보다가, 일부러 옆 사람에게 몸을 돌렸다.

"이름이 뭐야?" 그녀는 웃으며 검은 티셔츠에게 물었다.

눈빛만으로도 그가 원한다는 것을 알 수 있었다. 페이는 지금 당장 테이블 밑으로 손을 넣지 않게 스스로를 다잡았다. 대신 더 과감하게 몸을 기울여, 목선 너머로 가슴골이 자연스레 드러나게 했다. 브라를 포기하라고 부추긴 건 크리스였다.

"로빈." 그는 페이의 가슴에서 시선을 떼지 못한 채 대답했다. "난 로빈이야."

"난 페이. 그리고 오늘 밤, 너네 집에 갈 거야."

페이는 다시 그를 끌어당겨 키스했다.

페이는 아침에 일어나자마자 머리가 깨질 듯 아팠다. 밤의 장면들이 번개처럼 스쳐 지나갔다. 손을 옆으로 뻗었더니 근육질의 팔이 만져졌다. 그녀는 벌떡 일어나 창가로 걸어가 밖을 내다봤다. 주차장, 몇 동의 고층 아파트, 잿빛 하늘.

뒤에서 문신 남자가 뒤척였다. 로버트였나? 아니, 로빈?

“몇 시야…?” 그가 비몽사몽 물었다.

“몰라.” 페이가 말했다.

“근데 난 이만 가야 할 것 같아.”

솔나의 작은 원룸은 그녀를 불편하게 만들었다.

“아쉽네.”

그는 검은 침구 위에서 기지개를 켜더니 강아지 같은 눈으로 바라보았다. 어젯밤의 기억들이 다시 두근거리며 떠올랐다. 남자의 원룸, 유리 테이블, 검은 가죽 소파, 벽 선반 위의 앱솔루트 보드카 병들.

“그래, 그렇구나.” 페이는 옷을 찾으며 말했다.

“오늘은 뭐 할 건데?”

“그냥 빈둥거리면서 있을 거야. 축구도 보고.”

그는 동시에 귀엽고 섹시하게 웃었다. “번호 좀 줄래?”

“미안, 자기. 즐거웠어. 하지만 지금 내게 남자는… 아니야.”

숙취는 이마를 쿡쿡 눌렀으며, 혀는 보풀처럼 까끌거렸다.

그는 웃으며 베개를 페이에게 던졌다.

“넌 정말 섹시해, 알아?”

그가 일어섰다. 알몸의 복근이 반짝였다. 젊은 남자의 ‘재장전’이 얼마나 빠른지 잊고 있었다. 그가 다가오자 페이는 웃으며 창가에 기대섰다. 차가운 유리가 엉덩이에 닿았다. 로빈이 키스했다. 로빈의 얼굴이 페이의 몸 어디든 지나갔다. 허벅지, 사타구니, 배. 페이는 크게 신음했고, 그의 머리를 잡아 두 다리 사이로 더 깊이 끌어당겼다. 몸을 젖히고 온전히 즐겼다. 맞춰주려고 애쓰지 않고.

페이는 베스테로스로 향하는 기차에서 창밖을 바라보았다. 스쳐 지나가는 나무들이 흐릿하게 뒤로 밀려났다. 반려견 사업을 셰르스틴에게 넘겼고, 오늘은 패키지 디자인을 맡길 회사를 만나러 간다. 제품이 좋아야 하는 건 당연했다. 하지만 진짜 성공을 좌우하는 건 소셜미디어. 제품은 소비자로 하여금 '선택받은' 느낌을 주고, 휴대폰 카메라로 찍힌 사진에서도 멋지게 나와야 했다.

페이는 병을 검은색으로 하고, 둥근 뚜껑 위에 금빛의 화려한 R 로고를 얹기로 했다. 하지만 패키지는 하나의 '스토리'가 있어야 했다. 요즘 성공한 제품들은 예외 없이 이야기를 가지고 있었다. 엘리자베스 아덴의 '에잇 아워 크림'처럼. 다친 경주마의 다리를 치료하려고 만든 크림이 여덟 시간 만에 상처를 아물게 했다는 이야기, 그게 사실인지 아닌지는 중요하지 않았다. 소비자가 그 이야기를 믿고 싶어 하는 것, 그게 전부였다. 페이에게는 끝내주는 스토리가 있었다.

기차가 멜라렌 호수 지대를 가르며 달리는 동안 페이는 순도 100%의 행복만을 느꼈다. 바로 이것이었다. 바닥부터 회사를 세우는 일. 그가 빼앗아 갔던 꿈. 그녀가 저항조차 못 한 채 놓쳐버린 것. 야크가 처음 바람핀 게 언제였더라? 한 번이라도 일부일처였던 적이 있었나? 그녀를 사랑하고 갈망하던 그 시절조차도?

야크가 왜 자신을 버리고 윌바로 갈아탔는지 이해하지 못했다. 하지만 이제 점점 깨달아가고 있었다. 야크 같은 남자에게 중요한 건 '사냥' 자체라는 걸. 매번 새로운 장난감을 원했다. 페이는 어떤 남자에게도 자신을 '소유'하게 두지 않으리라 마음속으로 다짐했다.

베스테로스역에는 부슬부슬 비가 내리고 있었다. 페이는 택시를 잡아타 주소를 건넸다. 베스테로스는 피엘바카보다 훨씬 컸다. 그런데도 사람들은 왠지 고향을 떠올리게 했다. 예전 같으면 기억이 올라올 때마다 밀쳐냈겠지만, 지난 몇 달의 소동 이후 뭔가가 달라졌다. 어린 시절과 십 대의 얼굴들이 자꾸 눈앞을 스쳤다. 뜻대로 되지 않을 때 아버지가 짓던 표정. 이글거리던 세바스티안의 얼굴. 창백한 팔, 울부짖던 엄마. 그리고 반 친구들의 시선. 동정, 호기심, 들이댐. 다 버리고 떠났는데, 정말로 벗어날 수 있을까?

그렇게 회상에 잠겨 있는 사이 택시는 어느새 목적지에 도착해 있었다. 앞에는 베이지색 공장 건물이 서 있었다. 비는 조금 잦아들었지만 잔잔하게 떨어지고 있었다. 페이는 출입문을 밀고 들어갔다. 파마한 빨간 머리의 접수원이 고개를 들었다.

"환영합니다." 말은 환영인데 표정은 '여기서 날 좀 꺼내줘'에 가까웠다. 그녀가 들어오자마자 접수원은 손톱을 다듬던 참이었다.

"고마워요. 루이즈 비데르스트룀 베리와 약속이 있어요."

접수원은 고개를 끄덕이며 키보드를 두드렸다.

"저쪽에 앉아 주세요." 창가 소파를 가리켰다. "커피는요?"

페이는 고개를 저었다. 소파 뒤 창턱에는 잡지가 수북하게 쌓여 있었다. 그녀는 3주 전에 나온 『세 & 회르』를 집어 들었다. 욘 데 센티스가 여자친구와 헤어졌다는 기사. 사진을 보니 리셰에서 그와 함께 있었던 그 여자 수잔 룬드였다.

복도에서 발소리가 들렸다. 블라우스에 정장 바지를 입은 여성이 다가왔다. 차가운 인상, 발끝에서 머리끝까지 페이를 훑어보는 눈빛.

"루이즈 비데르스트룀 베리예요."

"페이 아델헤임입니다."

루이즈는 책상 뒤에, 페이는 방문객 의자에 앉았다.

"이건 문제없겠네요," 루이즈가 돋보기를 코에 얹으며 말했다.

"재밌는 소일거리 프로젝트 같은 거죠?"

"뭐라고요?"

"네, 누군지야 다 알죠. 아마 파티 같은 데 쓰려고 그러는 거 아닌가요?"

페이는 숨을 길게 들이켰다.

"여기 스케치에 있는 세 가지 패키지, 각 3만 개씩요. 그 물량을 맞출 수 있나요, 아니면 제가 다른 업체를 찾아가야 할까요?"

루이즈의 입술이 오므라들었다.

"3만 개요? 시장이 이미 포화인 거 아시죠? 물건만 떠안았다간 큰일이에요."

"제가 보낸 콘셉트 설명 못 보셨나요?"

페이는 목구멍에 열이 차오르는 걸 느꼈다.

루이즈는 푸웃 코웃음을 치며 돋보기를 벗었다. 그리고 가볍게 내려보는 미소를 지었다.

"봤죠. 그래서 '테마 파티'라고 생각한 거예요. 오스테르말름 사모님들의 라이프스타일은 우리 같은 사람에겐 현실이 아니거든요. '걸 파워'를 브랜드 콘셉트로 팔겠다는 발상 자체가 당신이 구름 위에 떠 있다는 증거 같네요. 대도시에선 그런 게 먹힐지 몰라도, 이쪽에선 남자는 남자, 여자는 여자예요."

루이즈가 웃기 시작하자, 페이는 벌떡 일어섰다. 관자놀이가 욱신거렸다.

"이건 안정적인 수익원이 될 거예요. 하지만 이제 다른 데로 갈 겁니다."

페이는 발길을 돌려 나왔다. 등 뒤에 루이즈의 따가운 시선이 꽂히는 듯했다.

야크에게 부재중 전화가 스무 통이나 와 있었지만, 페이는 기차가 움직일 때까지 걸지 않았다. 전화를 받자 "지금 도대체 뭐 하는 짓이야!"라는 말부터 시작해서 잔소리를 퍼부었다.

"대체 뭘 그렇게 열 내는 건데요?"

그가 숨을 고르는 틈을 타 페이가 물었다. 베스테로스에서 허탕친 짜증이 아직도 그녀의 몸에 남아 있었다. 창밖 풍경은 점점 더 빠르게 스쳐 지나갔다. 페이는 눈을 감고 로빈과 보낸 밤을 떠올렸다. 결국 로빈에게 번호를 알려 주었고, 벌써 문자 다섯 통이 와 있었다.

야크는 계속해서 끈질기고, 날카롭고, 징징거리는 목소리로 쏟아냈다. 마치 좋아하던 장난감을 빼앗긴 아이처럼.

"리셰에서, 네 아들이라 그래도 믿을 놈이랑 키스를 한다고? 그것도 공개적으로? 그런 짓은 결국 나한테까지 튄다고!"

"아, 로빈? 스물다섯이야. 난 서른둘이고. 그럼 내가 일곱 살에 낳았다는 소리네. 당신 숫자 좋아하잖아요, 너랑 윌바 사이 나이 차가, 나랑 로빈 사이보다 더 크거든.”

“그건 전혀 다른 문제지, 젠장할!”

“왜요?.”

“난 적어도 술집에서 창녀처럼 굴진 않아.”

“그래요? 당신은 우리 침대에서 그 짓을 했지. 그리고 어느 ‘가족’ 얘기를 하는 건지 잘 모르겠네요.”

그는 알아들을 수 없는 말을 중얼거렸다. 한결 기세가 꺾여 있었다.

“다시는 그러지 마.”

“난 내 맘대로 할 거고 당신이 내 인생에 끼어들지 말아요.”

통화를 끊으며 페이는 눈을 감았다. 로빈의 혀가 자신의 클리토리스를 부드럽게 스치던 감각이 떠올랐다. 바로 그때 전화가 ‘띵’ 하고 울렸다. 로빈에게서 온 문자였다. 잠시 망설인 끝에 페이는 답장을 보냈다.

“베스테로스에서 나오는 중. 그런 제안을 누가 거절하겠어?”

페이는 다시 한 번 시계를 힐끗 보았다. 소피는 늦고 있었다.

새 파트너를 찾으려면 이미 투자자가 있다는 사실을 보여줘야 했다. ‘리벤지’라는 신화를 함께 세워갈 특별한 투자자가 필요했다. 페이는 야크와 함께 소피를 만난 적이 있었다. 소피는 다정했고, 크리스에 이어 첫 투자자로 더없이 적합했다. 업계에서 평판 좋고, 젊고, 외모도 받쳐 주고, 언론이 쫓아다니는 인물. 늘 헤드라인을 장식하는 여자. 페이는 소피를 좋아해 본 적은 없지만, 사업은 사업이었다. 소피라면 '리벤지'의 가치를 알아볼 것이라 확신했다.

페이가 첫 잔을 비워 갈 즈음, 소피가 안으로 들어왔다.

"샴페인 한 잔이요. 아니, 오늘은 해산물 플라토가 땡기네."

소피는 웨이터를 쳐다보지도 않은 채 자리에 앉으며 말했다. 짙은 머리칼을 휘날리듯 젖히고는 페이를 돌아보았다.

"연락 줘서 너무 반가워! 우리 마지막으로 본 게 칸에서 열린 오스카 50세 기념 파티 때였지?"

대답할 틈도 없이, 소피는 손뼉을 치며 웨이터를 불렀다.

"샴페인 한 잔 나오는데 왜 이렇게 오래 걸려? 나 어제 홍콩에서 막 날아왔거든. 아직 몸은 홍콩 시간이야."

소피의 웃음소리를 들으며, 페이는 속으로 한숨을 쉬었다. 투자만 해 준다면, 얼마든지 견딜 수 있었다. 해산물 플라토가 들어올 때, 그녀가 주문한 송어구이도 함께 나왔다.

"세상에, 이게 얼마나 맛있게요."

소피는 굴을 소리 나게 홀짝이며 말했다. "섹스보다 나아."

어느새 세 번째 샴페인을 큼직하게 들이켜고서, 소피가 페이를 바라보았다.

"자, 말해 봐, 잘 지내? 이혼이란 게 즐거울 수만은 없지, 그건 내가 제일 잘 알아. 지난주에 야크랑 윌바를 봤는데 괜찮더라. 아이가 완전 천사 같다던데?"

소피는 린넨 냅킨으로 입가를 가볍게 닦았다.

"아무리 마음이 아프고 상처가 커도 아이가 먼저예요."

소피가 페이의 손등 위에 손을 얹었다. "아이들의 행복이야말로 무엇보다 중요하잖아, 안 그래?"

페이는 몇 번이나 침을 삼켰다. 불쾌감을 드러낼 수는 없었다. 그 주말은 야크 차례였는데, 그는 겨우 세 시간 전에 갑자기 생긴 출장을 핑계 삼아 아이를 못 본다고 통보했을 뿐이었다. 페이는 억지로 미소를 지어 보였다. 큰 그림을 봐야 했다. 지금은 돈과 투자자가 먼저였다.

"고마워, 소피."

그녀는 몸을 약간 숙여 '리벤지' 제안서를 꺼내려 했다.

소피는 반쪽짜리 바닷가재를 집어 들며 손사래를 쳤다.

"먼저 좀 먹고, 사업 얘기는 그다음에 하지 뭐."

페이는 서류봉투를 다시 가방 안으로 밀어 넣고, 마지못해 송어를 한 입 베어 물었다.

"그럼, 이제 좀 사업 얘기해 볼까?"

"물론이지."

소피가 대답했다. 그러고는 시계를 힐끗 보더니,

"벌써 이렇게 늦었네? 다음 미팅에 늦겠어! 우리 다시 약속 잡자, 응? 내 비서한테 전화해. 근데 아마 3-4주는 걸릴걸. 당분간 파리, 런던, 뉴욕, 두바이를 줄줄이 돌아야 하거든! 아휴, 나 요즘 거의 알란다 VIP 라운지에 산다니까!"

그렇게 그녀는 사라졌다. 페이는 멍하니 자리에 남았다. 그리고 일주일 생활비와 맞먹는 영수증만 손에 쥐고 있었다.

그순간 페이는 자신을 짓누르는 이 공허감이 무엇인지 분간하지 못했다. 그러다 깨달았다. 체념이었다. 압도적인 체념. 영혼 깊숙한 곳까지 피로가 내려앉아 있었다. 이젠 어떻게 다시 시동을 걸어야 할지 막막했다.

가장 중요한 미팅이 하나 남아 있었다. 그것마저 틀어지면? 모든 게 무너질 터였다. 부엌에서는 셰르스틴이 분주하게 움직이는 소리가 들려왔다. 오늘 저녁을 하겠다고 나선 것도 셰르스틴이었고, 페이가 가장 좋아하는 음식—양배추 롤—을 만들 것이다.

셰르스틴과 저녁을 먹으며 수다를 좀 떨다가, 아이의 숨소리를 들으며 잠들 생각이었다. 페이는 흰색 잠옷을 입고 누운 아이의 가슴 위에 손을 살포시 얹었다. 심장의 고동이 느껴졌다. 둥, 두둥, 두둥. 어느새 페이의 심장도 그 박자를 따라가기 시작했다. 부엌에서는 프라이팬과 냄비가 부딪히는 소리가 이어졌고, 고소한 음식 냄새가 침실까지 스며들어 왔다. 배에서 꼬르륵 소리가 났다. 다시 손바닥 아래로 전해지는 아이의 리듬을 느꼈다. 둥, 두둥, 두둥. 실패한 만남에서 비롯된 체념과 분노가 서서히 물러났다. 아직 끝난 게 아니었다. 가장 중요한 미팅이 남아 있었다. 그리고 실패하지 않을 것이다.

페이는 자갈길을 따라 걸어가며 자신이 긴장하고 있음을 깨달았다. 이레네 아르넬과의 미팅은 각별한 자리였다. 그녀의 투자사 '아르넬 인베스트'는 스웨덴 3대 백화점 체인의 지분을 가지고 있었다. 애초부터 '리벤지'의 성패를 가를 열쇠가 이레네에게 있다고 보았다. 성공하느냐, 아니면 실패한 프로젝트 중 하나로 사라지느냐. 이 시장은 진입 장벽이 가장 높은 분야 중 하나였다. 루이즈

와 소피에게 잇따라 퇴짜를 맞았지만 이레네의 영향력은 둘을 합친 것보다 훨씬 컸다.

이레네는 예테보리의 부유한 집안에서 태어나 예일과 옥스퍼드를 나왔고, 여성단체에 아낌없이 기부하며 비즈니스 우먼들을 꾸준히 후원해 왔다. 어쩌면 야크와의 스캔들 많은 이혼 기사 덕분에 시간을 내 준 것인지도 몰랐다. 이유가 무엇이든, 이제부터는 페이의 몫이었다.

아르넬 인베스트는 19세기 초의 기품을 간직한 건물 5층에 자리하고 있었다. 페이는 작은 회의실로 안내되었다. 여섯 명이 앉을 만한 테이블. 어디에 앉을까 잠시 망설이면서, 대담한 오프닝을 머릿속에서 다듬었다. 시작부터 불꽃을 튀겨, 대화의 주도권을 가지고 와야 했다. 땀이 등허리를 타고 흘렀다.

문이 열리고 이레네가 들어왔다. 네이비색 점프수트에 크림빛 실크 블라우스. 페이는 같은 옷을 갖고 싶었지만, 시드머니를 모으기 전까지는 사치였다. 오늘 입은 스텔라 매카트니 슈트는 크리스에게 빌린 것이었다. 두 달 전만 해도 무릎 위로 끌어올리기도 버거운 바지였는데, 지금은 몸에 착 달라붙고 있었다. 가격은 차마 묻지 못했다. 이레네가 머그잔을 탁자 위에 내려놓고 손을 내밀었다.

"이레네예요." 담백한 소개였다.

"10분 드릴게요."

페이는 심호흡을 해서 긴장을 누르고, 자신이 왜 이 자리에 앉았는지를 떠올렸다. 그 남자의 허리가 월바의 다리 사이에서 규칙적으로 움직이던 장면. 우리 집, 우리 침대에서.

"인생에서 남자에게 배신당한 게 몇 번이나 있었나요?"

페이는 단도직입으로 물었다. 심장은 차분해졌고, 주저함은 사라졌다. 첫 발포였다. 이레네는 순간 휘청하듯 표정이 흔들리더니, 곧 놀람이 불쾌로 바뀌었다.

"너무 사적인 질문이라고 생각해요."

첫 반응에 물러설 수는 없었다. 이제는 밀어붙일 차례였다. 페이는 상체를 약간 숙이고 손가락을 깍지 껴 테이블 위에 올렸다.

"그 질문의 답이 제 비즈니스의 핵심입니다. 다만, 제가 '배신당했냐'고 묻진 않았죠. '당연히' 그랬을 거라고 전제했거든요. 그런데 왜, 우리가 수치심을 느껴야 하죠? 잘못한 건 우리가 아닌데."

이레네의 목이 길게 펴졌다. 기분 나쁘면서도 흥미가 동한 표정이었다. 결국 결심한 듯 짧게 답했다.

"두 번."

얼굴에 걸쳐 있던 갑옷이 잠깐 풀렸다가 곧 다시 여며졌다. 창밖에서 경적이 날카롭게 울렸다. 페이는 고개를 끄덕였다.

"대부분의 여성은 적어도 한 번은 당합니다. 그런데도 수치심은 우리가 짊어지죠. 뭐가 잘못됐는지, 우리가 무엇을 망쳤는지, 스스로를 탓하면서요. 왜일까요?"

"모르겠네요. 당신은 알아요?"

이제는 관심이 분명하게 켜져 있었다. 문은 반쯤 열렸고, 이제는 들어가 앉기만 하면 되는 상태.

"곰곰이 생각해 봤어요."

페이가 말을 이었다.

"버려졌다는 사실 자체가 모욕적이니까요. 어떤 때는 '평생 함께하겠다'던 사랑 때문에 그렇고, 또 어떤 때는 싸구려 호텔방에서 치른 하룻밤 정 때문에 그렇죠. 우리는 교체 가능한 부품 취급을 받죠. 그들은 미안해하지도 않아요. 마치 우리를 짓밟을 권리가 자기들에게 있는 양. 그리고 그들에겐 네트워크가 있어요."

페이가 숨을 고르는 동안, 이레네는 말이 없었다. 대신 표정이 조금 풀리며, 호기심이 번졌다.

"당신을 밟고, 배신하고, 함부로 대했던 남자에게 복수하고 싶다고, 꿈꿔본 적 있나요?"

"그럼요. 누구나 그렇겠죠."

순간, 이레네의 얼굴이 벌거벗겨진 듯 드러났다. 마음속 전쟁에서 남은 흉터들. 피부가 아니라 심장에 패인 자국들.

"실행에 옮겨 본 적 있나요?"

"아니요."

"왜요?"

"잘… 모르겠어요."

"전남편, 야크 아델헤임은 오랫 동안 바람을 피웠어요. 봄에는 우리 집 안방 침대에서 바람을 피우다 현장을 들켰죠. 저는 그에게 애원했어요. 모든 게 원래대로 돌아가길 바랐거든요. 가족을 지키고 싶었어요. 그가 다 빼앗아 갔는데도요. 제 커리어, 집, 안전, 자존감까지. 결국, 어느 순간 깨닫게 되더군요. 여기까지라고."

"그래서, 지금은?"

“이젠 다 되돌려받을 겁니다. 그리고 조금 더.”

“어떻게요?”

주도권이 바뀌었다. 질문은 이제 이레네가 던지고 있었다. 관심이 있다는 신호였다. 페이는 몸을 조금 더 앞으로 기울였다.

“부끄러움을 그만두는 방식으로요.”

페이는 ‘리벤지’ 패키지 스케치를 테이블 위로 밀어놓았다.

이레네가 스케치를 집어 들고는 자세히 훑어보았다.

“R은 무엇의 약자죠?”

“리벤지.”

이레네가 비스듬히 웃었다.

“필요한 건 뭔가요?”

“백화점 입점이죠. 엄청난 캠페인 전략을 펼칠 겁니다. 우리의 타겟은 단지 ‘여성’이 아니라, ‘남자에게 배신당한 여성’입니다.”

이레네는 잠시 말없이 생각에 잠겼고, 페이는 그 시간 동안 기다려 주었다. 오늘은 먼저 ‘딜’을 꺼내지 않기로 했다. 제안은 이레네의 입에서 나오게. 이레네의 지분은 1% 클럽과는 달리 더 크게. 이미 셰르스틴에게는 5%를 넘겨둔 상태였다. 사실은 10%를 제안했지만, 셰르스틴이 손사래를 쳤다.

“내 지분은 10%요.”

“5% 드리죠.”

(심장이 두근두근 뛰었다.)

“7.”

“딜.”

페이는 비명을 지르고 춤이라도 추고 싶은 마음을 겨우 눌렀다. 둘은 악수했다. 이레네가 가방에서 명함을 꺼내 건넸다.

"무엇이든 필요하면 직접 전화해요. 제 직통이에요. 비서 거칠 필요 없어요."

거리로 나오자 휴대폰이 진동했다. 방해받고 싶지 않았지만—이 기쁨을 조금 더 오래 음미하고 싶었지만—발신자가 크리스라, 전화를 받았다.

"탑승하셨어, 크리스! 이레네 아르넬이 탑승했어!"

"최고네!"

크리스가 진심으로 환호했다.

"그럼 지금 기분은 어때?"

"황홀하지. 그녀가 지분을 가진 모든 백화점에 들어가. 네트워크도 총동원해 주겠대. 얼마나 어마어마한지 알겠지?"

"알고말고. 그런데 지금 두 분이 너랑 얘기하고 싶대."

"응?"

"잠깐, 스피커폰으로 돌릴게."

"안녕하세요, 페이. 폴리나 다프만이에요."

낮고 허스키한 목소리.

"올가 니클라손과 함께 있어요. 잠깐 시간 괜찮으세요?"

페이의 심장이 쿵 내려앉았다. 두 사람은 스웨덴에서 가장 영향력 있는 인스타그램 인플루언서였다. 둘을 합친 팔로워만 3백만 명이 넘는다.

"네, 괜찮습니다."

"그랜드호텔에서 크리스랑 까바 한 잔하고 있어요. 방금 얘기를 들었어요. 당신의 사업 아이디어. 우리도 같이 할 수 있을까요?"

"참여하시겠다고요?"

"당연하죠!"

두 사람이 거의 합창하듯 말했다.

"그리고 인플루언서 언니들 더 붙일 수 있어요. 우린 업계 사람은 다 알거든요."

"실제로 그래."

크리스가 거들었다.

"나도 그들이 누구인지 다 알지…"

전화를 끊으며, 페이는 깡충 뛰었다. 페이는 잠시 멈춰 서서 스벤스크 텐 쇼윈도 유리에 비친 자신의 얼굴을 바라보았다. 그리고 깨달았다. 지금 보고 있는 건 승자의 얼굴이라는 사실을.

3부

어딘가에서 선풍기가 크게 웅웅거렸고, 그 소음이 로펌의 호화로운 분위기를 갉아먹고 있었다. 야크는 구치소에서 페이를 만나게 해 달라고 요청했다. 그 말을 들은 변호사는 코웃음을 치며 고개를 저었다.

"그 짓을 해놓고, 무슨 낯짝으로 당신을 보겠다는 건지 이해가 안 돼요."

페이는 대답하지 않은 채, 찻잔 속을 천천히 저었다. 최면이라도 걸린 듯 붉은 물결이 잔 안에서 맴돌았다. 모든 것을 빨아들이는 블랙홀 같은 소용돌이였다.

변호사는 연민이 어린 손길로 그녀의 어깨를 가볍게 두드렸다.

"검사는 무기징역을 구형할 겁니다. 재판이 끝나면, 다시 마주칠 일은 없을 거예요."

"아이의…"

페이의 목소리가 갈라졌다.

"시신이 없는데도요?"

"증거는 충분합니다. 폭행 사건에다 쉽게 나오진 못할 겁니다."

페이는 저어 두던 손을 멈추고, 하얀 냅킨 위에 스푼을 내려놓은 뒤 조심스럽게 잔을 들어 입으로 가져갔다. 뜨거운 차가 혀를 데웠지만, 그 통증이 오히려 반가웠다. 이제 통증은 친구 같았다.

오늘 《다겐스 인더스트리》의 기자 잉그리드 한손은 시저 샐러드를 포크로 건드리고 있었고, 페이는 녹차만 주문했다. 두 사람 사이에는 녹음기가 하나 놓여 있었고, 작은 빨간불이 켜져 있었다.

"당신과 '리벤지'가 이뤄낸 여정은 정말 인상적이에요."잉그리드가 입을 열었다.

"이혼 후, 당신은 전업주부에서 연 매출 15억 크로나로 추정되는 기업의 CEO이자 오너가 됐죠. 비결이 뭘까요?"

페이는 잔을 들어 작은 모금을 삼켰다.

"노력이죠. 그리고 헌신적인 투자자들."

"모든 게 그 이혼에서 시작된 건가요?"

그녀는 고개를 끄덕였다.

"야크와 헤어졌을 때, 저는 정말 어떻게 해야 할지 몰랐어요. 낮에는 반려견 돌보미 일을 하고, 밤마다 사업 계획서를 썼어요."

"'리벤지'라는 이름이 의미심장하네요?"

페이는 이 질문이 함정이라는 것을 알아챘다. 이제 미디어 게임에는 익숙했다. 교활한 기자들은 공감하는 척 다가왔다. 녹음기를 끄고 나서는 "이건 오프로 할게요"라며 좀 더 깊이 파고들려 했다. 속임수. 기자들의 세계에 '비공개'란 없다.

페이는 다리를 꼬고 두 손을 무릎 위에 포갰다.

옷은 방어막이자 신호였다. 오늘 그녀가 입은 것은 이자벨 마랑 재킷, 샤넬 스커트, 그리고 자라 블라우스였다. 명품과 염가 브랜드를 섞는 감각이 페이의 일부가 되어 있었다.

"지저분한 이혼이었냐고 묻는다면, 아니에요. 다만 힘들었죠. 모든 이혼이 그렇듯이."

"그럼 지금은 어떤 관계인가요?"

"우리는 함께한 세월이 10년이 넘고, 딸이 하나 있어요. 이제 '콤파레'가 상장되면, 주식을 조금 사둘까 해요."

"아, 전 남편 회사의 주식을요?"

"함께 시작한 회사니까요. 이제는 응원해 주고 싶어요."

잉그리드가 입가를 닦았다.

"그럼 '리벤지'라는 이름은 이혼과 무관한 건가요? 당신이 투자자들을 설득하는 과정에 대해 여러 소문이 돌던데요."

페이는 미소를 지었다.

"성공한 제품에는 예외 없이 스토리가 있어요. 그게 곧 마케팅이에요. 여성들이 공감할 수 있는 공통분모를 찾는 건 비즈니스의 기본이죠."

기자는 재무제표, 해외 진출 계획, 수상 실적, 부동산 투자까지 빠짐없이 물었다. 적어도 돈과 관련된 부분만큼은 숨길 것이 없었기에, 페이는 거리낌 없이 대답했다.

삼십 분 후 인터뷰가 마무리되었다. 페이는 창가에 기대 잠시 숨을 고르며 기자의 뒷모습을 바라보았다. 회전목마가 한 번 돌기 시작하자, 세상은 숨 가쁘게 속도를 올렸다. 야크와의 이혼 이후 지난 3년, 모든 예상을 뛰어넘는 성공이었다.

'리벤지'는 성공한 브랜드가 되어 있었다. 런칭 반 년 만에 프랑스와 영국의 백화점들이 판권 계약을 맺었고, 미국의 대형 리테일 체인과도 계약이 성사됐다. 돌파구는 인스타그램이었다. 폴리나 다프만, 올가 니클라손, 그리고 그들의 인플루언서 네트워크가 젊은 여성들에게 끼친 영향력은 엄청났다. 그들은 2010년대의 소피아 로렌, 마릴린 먼로, 엘리자베스 테일러였다. 그들이 입으면 다른 여성들도 따라 입고 싶어 했고, 그들이 쓰면 모두가 갖고 싶어 했다.

'리벤지'는 그들의 '걸 파워' 감성과 페미니즘의 흐름을 타고 완벽한 타이밍에 떠올랐다.

가끔 냉소적인 순간이면, 페이는 씁쓸한 웃음을 지으며 이렇게 생각하곤 했다.

"엉덩이를 카메라 쪽으로 내민 비키니 셀카랑 다이어트 티 광고에, 도대체 페미니즘이 어디 있지?"

하지만 크리스는 늘 현실적으로 말했다.

"남자 인플루언서들은 웃통 벗고 단백질 보충제 광고 찍잖아. 뭐가 다르겠니?"

페이는 '리벤지' 웹숍 안에 별도의 포럼을 열었다. 남자에게 복수한 경험을 여성들이 자유롭게 나누는 공간이었다. 하루에도 수백 개의 글이 올라왔다. 페이스북 타겟 광고 덕분에 '의식 있고, 고학력이며, 경제력이 있는 여성'이라는 고객층에 도달할 수 있었고, 프리미엄 가격 전략은 적중했다.

이레네 아르넬의 백화점 체인 입점을 앞두고, 페이는 여성 예술가 열 명—가수, 작가, 배우—에게 한정판 패키지 디자인을 의뢰했다. 그리고 SNS 캠페인에 마법의 문구 '리미티드 에디션'을 곁들였다.

젊은 여성들은 백화점 앞에 줄을 섰다. 각자의 우상 이름이 새겨진 '리벤지' 한정판을 사기 위해서였다.

문 앞에서 셰르스틴이 헛기침을 했다.

"아이 데리러 네 시에 가야 해요."

"그전에 미팅 있지요?"

"아니요. 오늘 오후는 비워달라고 하셨잖아요."

"고마워요."

"그럼 오늘 저녁에 집에서 뵐게요."

문이 닫혔다. 셰르스틴의 목소리는 평소보다 긴장돼 있었다. 왜일까. 곧 이유를 떠올렸다. 점심시간에 랑나르를 면회하러 갔을 것이다. 이유를 묻자, 셰르스틴은 담담하게 대답했었다.

"아직 제 남편이잖아요. 사실 그가 침대에 그렇게 누워 있는 꼴을 보면 조금 후련해요. 다만 가끔은 상상도 하죠. 언젠가 베개를 그 얼굴에 누르고 숨이 멎을 때까지 버텨 볼 수도 있겠다는 생각을요."

지난 3년의 모든 노력은 바로 이 순간을 향하고 있었다. 페이는 노트북을 가방에 넣고 사무실을 나섰다. 스투레갤러리아의 카페 한쪽 자리에 자리를 잡았다. 근처 학교 학생들이 시끄럽게 수다를 떨고 있었다.

"이번 생일엔 구찌 가방이 좋겠어."

"가족이랑 몰디브 가야 하는데, 거긴 진짜 할 게 없잖아."

페이는 그들의 대화를 흘려들었다. 종업원을 불러 커피를 주문하고, 노트북을 열었다. 그는 비밀번호를 두 번밖에 바꾸지 않았다. 늘 감상적인 인간이었다. '콤파레'초기 문서들이 그의 지메일 계정 안에 PDF 파일 형태로 저장돼 있었고, 그 계정에 들어가려면 여전히 비밀번호가 같아야 했다.

JULLIEN2010.

페이는 하얀 잔을 들어 한 모금 삼켰다. 손이 약간 떨렸다. 지난 3년 동안의 모든 계획이 이 순간을 향해 있었다. 야크가 여전히 게으른 '습관의 인간'이라면 문은 열릴 것이다.

알파벳과 숫자를 천천히 입력하고, 로그인 버튼을 눌렀다.

—잘못된 비밀번호.

한 번 더.

—잘못된 비밀번호.

페이는 입술을 세게 깨물며 속으로 비명을 삼켰다. 그 자식이 비밀번호를 바꾼 것이었다. 결국 노트북을 세게 덮고 카페를 나왔다. 이제 어쩌지? 반드시 그의 메일에 들어가야 했다. 10분 뒤, 다시 사무실. 비가 내리기 시작했다. 셰르스틴이 기대 어린 눈빛으로 바라보았다.

"안 됐어." 페이가 말했다.

"니마를 내 방으로 보내 줘."

니마는 피부가 하얗고 마른 팔에 잔털이 송송 난 청년으로 '리벤지'의 IT 담당자였다.

잠시 후 그가 문간에 모습을 드러냈다.

"부르셨다고요?"

"들어와요." 페이가 부드럽게 손짓했다. 니마는 긴장한 기색으로 자리에 앉았다.

"문제가 생겼나요?"

"전혀 아니에요."페이는 미소를 지었다.

"사실 조금 부끄러운 일인데요. 제 딸 율리엔 얘기예요. 컴퓨터를 새로 받았는데, 혹시 부적절한 사이트에 들어갈까 봐요."

"아, 이해합니다." 니마가 고개를 끄덕였다.

"뭘 할 수 있을까요?"

"어떤 정보를 원하세요?"

"그냥… 페이스북 비밀번호 같은 거요."

니마가 잠시 생각하더니 입을 열었다.

"키로거를 설치하세요. 그러면 모든 걸 볼 수 있어요."

"키로거…요?"

"네. 프로그램을 깔면, 해당 컴퓨터에서 입력되는 모든 글자를 기록해요. 나중에 텍스트 파일로 내려받으면 되고요."

"좋네요. 그런 건 어디서 구하죠?"

"잠깐만요."

니마는 일어나더니 검은 USB를 하나 들고 돌아왔다.

"이걸 꽂고 설치하시면 돼요."

니마는 능숙한 손놀림으로 USB를 연결하고 설치 과정을 보여주었다.

"저도 애가 있어서요, 이해해요."

페이는 놀라 눈을 깜빡였다.

"아이요?"

"아스트리드예요. 열 살. 하루 종일 인터넷만 붙들고 있어요. 부모 입장에서는 걱정이 많죠."

"꽤 젊을 때 아버지가 되셨겠네요."

"스무 살에 아빠가 됐어요. 항상 조숙한 편이었거든요."

"아직 부인과 함께?"

"요한나요."그의 얼굴이 밝아졌다. "그럼요. 결혼했어요."

페이는 미소를 지었다. 세상은 늘 그녀를 놀라게 했다. 돈은 사람을 바꿔 놓는다. 아직 '아델헤임 부인'이었을 때만 해도, 부모들이 주말마다 전화를 걸어 아이를 생일파티에 초대했다. 물론 '아이들이 같이 놀고 싶어한다'는 식으로 포장했다. 아이를 핑계 삼아 그들은 저녁 식사 자리에 초대받고, 성공의 떡고물이라도 조금 묻혀 돌아가고 싶어 했다. 이혼 후에는 그 모든 인사가 뚝 끊겼다. 전화도 오지 않았다. 하지만 페이가 '리벤지'로 성공을 거둔 뒤, 모든 것이 거꾸로 뒤집혔다.

아이는 외스테르말름스콜란에 다니기 시작했다. 야크는 왕실 자녀들이 다녔던 사립학교 칼손스나, 축구선수 즐라탄 이브라히모비치가 아들이 다닐 거라는 소문이 난 학교에 보내고 싶어 했지만, 페이는 거절했다. 열다섯 살쯤 된 아이가 "바캉스가 얼마나 지루했는지"를 투덜대는 아이가 되길 바라지 않았기 때문이다.

외스테르말름스콜란에도 생계급여를 받는 집 아이들은 드문 편이었다. 그래도 여름방학을 마르베야나 뉴욕에서 보내는 것이 당연하다고 여기지 않는 아이들, 겨울방학이면 몰디브, 스키휴가면 베르비에나 샤모니 산장을 떠올리지 않는 아이들도 있었다.

아이는 그 학교를 무척 마음에 들어 했다. 율리엔은 그녀의 태양이었고, 셰르스틴은 그녀의 달이었다.

페이는 바네르가탄에 차를 대고 엘리베이터 앞 벤치를 보았다. 아이가 아이패드를 들여다보고 있었다. 옆에 조용히 앉았지만, 아이는 눈치 채지 못했다. 옆구리를 콕 찌르자, 그제야 고개를 들었다.

아이는 활짝 웃으며 그녀에게 안겼다.

"뭐 하고 있었어?"

"포켓몬." 아이가 아이패드를 가방에 넣었다.

페이는 아이의 손을 꼭 잡았다.

"잘 지냈어?" 둘이 차 쪽으로 걸어가며 물었다.

"응."

"이번 주말엔 아빠 집에 가는 거 알지?"

"응."

페이는 문을 열어 주고, 딸의 안전벨트를 매줬다.

"재밌겠다?"

"그냥."

"그 집에 있는 게 싫어?"

"가끔. 맨날 싸워서 재미없어. 그리고 아빠는 거의 일하러 나가 있고."

“어른들은 가끔 싸우기도 해. 하지만 그건 네 잘못이 아니야. 그
리고 아빠가 일하는 것도 네가 있기 때문이기도 하고.”

페이는 딸의 뺨을 쓰다듬었다.

“엄마가 아빠한테 얘기해 볼까?”

아이는 세차게 고개를 저었다.

“아빠가 화낼 거야.”

“왜 화를 내시겠니?”

페이는 딸을 조심스레 끌어안았다.

“아니야, 별거 아니야.” 아이가 작게 말했다.

“정말?”

아이는 엄마 가슴께로 얼굴을 파묻은 채 고개를 끄덕였다.

집 현관문을 열자 아이가 먼저 달려가 부엌으로 향했다. 칼라
베겐에 있는 170제곱미터짜리 방 네 칸짜리 아파트를 사는 데
1,500만 크로나가 들었고, 이 집은 그녀의 것이었다.

“우리 왔어요, 셰르스틴!”

아이가 소리쳤고, 페이도 그 뒤를 따라 부엌으로 들어갔다.

“얘야, 어서 와.”

셰르스틴이 아이를 번쩍 안아 올렸다.

페이는 셰르스틴이 옆집을 살 수 있도록 도와줬고, 그 뒤로 둘은
거의 매일 함께 저녁을 먹었다.

페이가 전기포트를 올리고 식기세척기에 그릇을 넣는 사이, 아
이는 거실로 달려갔다.

"뭐가 잘 안 됐죠?"

셰르스틴이 낮게 물었다.

"비밀번호를 바꿔놨더라고요. 생각보다 시간이 좀 더 걸릴지도 몰라요."

거실에서 TV가 켜지는 소리가 났다.

"문제는 딱 하나예요."

그녀가 말을 이었다.

"뭔데요?"

페이는 TV 소리가 흘러나오는 쪽으로 고개를 끄덕였다.

셰르스틴의 눈이 동그래졌다.

"설마 그 애한테 그 얘길 한 건 아니겠죠…?"

"당연히 아니죠."

"페이, 난 당신이 좋지만 이건 마음에 들지 않아요."

"나도 그래요."그녀가 말했다.

"그렇지만 다른 방법이 없어요. 그의 컴퓨터에 접근하려면."

전기포트가 '딸깍'하고 꺼지는 소리를 냈다.

페이는 머그컵 두 개를 꺼내 식탁에 올려놓았다.

"확신할 수 있는 건 아무것도 없어요."

그녀가 낮게 말했다.

"문서가 남아 있기나 한지도 모르죠. 그래도 이건 기회예요."

셰르스틴이 차를 식히며 말했다.

"우린 둘이잖아요. 뭐든 당신을 도울 거지만, 그래도 이건 아닌 것 같아요."

페이는 고개를 끄덕였다. 아이를 이용한다는 생각만으로도 속이 뒤틀렸다.

그날 밤, 두 사람은 아이의 침대에 나란히 누워 『사자왕 형제들』을 소리 내어 읽었다. 부엌에선 식기세척기가 웅— 하고 돌아가고 있었다.

잠자리에 들기 전, 페이는 아이에게 USB를 보여줬다.

"사랑하는 딸, 엄마가 네 도움이 좀 필요해."

부엌 식탁에 마주 앉았을 때 그녀가 말했다.

"아빠한테 줄 깜짝 선물을 준비하고 있거든."

"무슨 선물?"

페이는 USB를 들어 보였다.

"아빠가 뉴스 볼 때 작업실 컴퓨터를 켜 둔 채로 두는 거 알지? 그때 이걸 컴퓨터에 꽂아줘. 그리고 여기, 이 버튼을 누르는 거야."

그녀는 USB에 난 작은 버튼을 가리켰다.

"그게 전부야. 그다음엔 빼도 돼."

"왜 아빠한테 말하면 안 돼? 아빠는 우리끼리 비밀은 만들지 말자고 했어. 엄마한테만 비밀이 있다고."

페이는 딸의 말에 눈썹을 찌푸렸다. 그 말이 무슨 뜻인지 짐작이 가지 않았다.

"그럼 깜짝 선물이 망가지잖아." 그녀가 답했다.

"그리고 네가 이걸 해주면, 깜짝 선물이 있을 거야."

"뭔데?"

"네가 오래전부터 갖고 싶어 하던 거."

"휴대폰?"

"눈치가 빠르네. 그래, 네 전용 휴대폰. 이제 엄마 폰 안 빌려 써
도 되게."

"언제 줘?"

"일요일."

페이는 엄마로서 형편없는 기분이 들었다. 하지만 어쩔 수 없었
다. 그 파일들을 손에 넣어야 했다. 아이의 잠든 얼굴은 평온해 보
였다. 페이는 야크와 딸이 공유한다는 그 '비밀'이 과연 무엇일지
궁금했다. 아침에 아이스크림을 먹었다든가 하는 사소한 얘기일
것이다. 그렇지만 혹시, 정말 중요한 뭔가를 감추고 있는 건 아닐
까 하는 생각이 떨쳐지지 않았다.

방 안 공기가 무겁게 내려앉은 것처럼 느껴졌다. 그녀는 다시 일
어나 가운을 걸치고 발코니 창을 열었다. 가을 공기가 피부를 스치
며 들어왔다. 담배에 불을 붙이고 소파 위에 몸을 기대었다. 드문
드문 차 몇 대가 지날 뿐, 스톡홀름은 잠들어 있었다.

3년이 흘렀다. 눈부시고, 고되고, 행운이 따랐던 세월이었다. 가
끔 이렇게 멈춰 서서 지난 일들을 돌아보려고 하면, 정신이 아득
해졌다. 페이는 회사를 키워냈고, 새집을 샀고, 다시 일어섰다. 그
런데도 가끔씩 스스로에게 묻곤 했다. 그리운 것일까? 어쩌면 그
래서 증오가 좀처럼 식지 않는 걸지도 몰랐다. 그리하여 3년 전 세
워둔 계획을 밀어붙이고 있는 걸지도. 가끔은 '이제 이 정도면 됐
다'고 말해야 하는 게 아닌가 싶기도 했다. 성공, 돈, 사회적 지위,
율리엔. 다 있었으니까. 하지만 마음 깊은 곳에서는 알고 있었다.

충분치 않다는 것을. 그는 훨씬 더 많은 것을 빼앗아 갔다. 용서할 수 없었다.

페이는 하루를 시작할 때마다 웹숍 포럼과 '리벤지' 인스타그램 계정에 올라오는 사연들을 읽었다. 복권(復權), 잃어버린 자존을 되찾고 돌려주고 되찾고 또다시 복수하려는 욕구가 얼마나 큰지, 매일 확인하곤 했다. 그 갈망에는 원초적인 무언가가 있었다. 구약성경에도 복수는 나온다. 눈에는 눈, 이에는 이. 정의 구현. 수천, 수만 여성들의 목소리가 그 증오를 증폭시켰다. 페이는 너무 오래 잠들어 있던 무엇인가를 깨웠다. 그들의 분노는 그녀의 분노였고, 그녀의 분노는 다시 그들의 분노였다.

페이는 휴대폰을 집어 들었다. 스포티파이를 켜, 엘드크바른의 노래를 작게 틀어 놓았다. 엄마는 엘드크바른을 사랑했다. 처음으로 그들의 공연을 봤던 날, 보컬 플루라 용손의 피크를 받아냈던 이야기를 몇 번이나 반복해 들려줬는지 모른다. 아빠를 만나기 전의 일이었다. 그리고 그 뒤로, 엄마에게서 음악은 사라졌다.

노래와 담배 연기는 페이를 서른 해 전으로 데려갔다. 유년의 피엘바카, 네 식구가 살던 작은 집. 그녀와 세바스티안, 엄마, 아빠.

테이블 위에는 오늘 도착한 우편물이 놓여 있었다. 맨 위에는 아버지의 편지가 올라와 있었다. 한때 페이가 알던 사람들은 거의 다 사라지고 아버지만 남아 있었다. 신문에 '리벤지' 관련 기사가 실린 뒤로, 아버지는 딸을 다시 알아보는 듯했다. 그리고 멈춰 있던 편지가 다시 오기 시작했다. 처음엔 주에 한 통, 그다음엔 주에 두 통, 이제는 세 통까지 늘어났다. 페이는 그 편지들을 열어보지 않았다.

페이는 변호사에게 법적 절차를 부탁해 둔 상태였다. 아버지는 지금 세상에 나와서는 안 됐다. 스웨덴이 어떤 나라인지, 누구보다 잘 알고 있었다. 사실상 진짜 '종신형'같은 건 존재하지 않는다. 페이의 아버지라고 예외일 리 없었다. 언젠가는 풀려날 것이다. 그러나 지금은 아니다. 절대로. 먼저 자신이 해야 할 일을 끝내야 했다. 페이는 편지를 집어 들고 담뱃불에 갖다 댔다. 불길이 종이에 옮아 붙자, 말로 다 할 수 없는 해방감이 밀려왔다

피엘바카 — 그때

창문 너머 파도 소리는 부엌에서 울리는 소리를 덮을 만큼 크지 않았다. 그러나 그 안에서 점점 커지는 목소리들이 있었다. 아버지의 분노, 어머니의 간청. 피할 수 없는 것을 막을 수 있을지도 모른다는 한 줌의 희망. 그들이 싸우는 이유는 나였다. 학교에서 돌아와 과자를 먹고 난 뒤 부스러기를 치우지 않은 게 잘못이었다.

엄마는 언제나 그랬듯 내 잘못을 자기 탓으로 돌렸다.

간절히 바랐다. 내가 언젠가는 더 크고 강한 존재가 되어, 엄마가 나 대신 벌을 받지 않아도 되게 해주겠다고. 하지만 그때의 나는 너무 작고 여렸다. 아버지는 언제나 엄마만 때렸다. 엄마는 그 폭력의 무게를 견딜 수 있었으니까.

모두가 아버지를 두려워한다는 걸 깨달은 건 다섯 살 무렵이었다. 그날 우리는 마트를 함께 갔었다. 아버지는 담배 두 갑, 큰 초콜릿, 그리고 신문을 담았다. 계산대 앞에서 기다리고 있는데 중

간에 어떤 남자가 새치기를 하는 걸 보고 아버지는 분노의 주먹을 휘둘렀다.

누군가 내 어깨에 손을 올렸다. 그 손길이 날 움찔하게 했지만, 나는 움직이지 않았다. 귀를 틀어막은 채, 그 자리에 있었다.

세바스티안이 우리의 방 침대에 앉아 있는 게 보였다. 벽에 기대 눈을 감고, 나처럼 모든 것을 차단하려 애쓰고 있었다. 나는 나만의 거품 속으로 들어가기로 했다. 그 거품 속에는 다른 이는 들어올 수 없었다.

페이는 주말이 빨리 지나가기만을 바랐다. 집에서 발만 동동 구르는 것보다는 크리스와 함께 호텔에서 저녁을 먹고 술 한잔하며 사람을 만나는 편이 나았다.

지배인은 물가와 왕궁이 내려다보이는 베란다에 자리를 잡아 주었다. 실내에는 잔잔한 웅성거림이 퍼져 있었다.

크리스는 햄버거를, 페이는 시저 샐러드를 주문했다.

크리스가 비죽 웃었다.

"그 가슴은 어때?"

"어색해." 페이는 짧게 답했다.

"실전 테스트는 해 봤고?"

그녀가 눈썹을 치켜올렸다.

“남자랑 그 얘기지.”

“아직.”

“얼른 한 판해. 정신 건강에 좋아.”

크리스가 객석을 훑었다.

“근데 여기선 좀 힘들겠네. 여기 있는 남자 절반은 베를린 장벽이 무너진 이래로 자연발기는 못 했을걸.”

페이는 웃으며 손님들을 둘러봤다. 크리스 말이 맞았다. 돈은 많고 머리는 텅텅 비고 파란 약(비아그라) 소비량만 높은 풍경.

크리스가 모히토를 한 모금 마신 뒤 가볍게 입맛을 다셨다.

“두 달 전만 해도 은퇴해서 따뜻한 데 갈까 했거든. 그런데 생각이 바뀌었어.”

“오?”

“응.”크리스는 시선을 피했다.

“말할 거야? 아니면 내가 털어놔야 돼?”

“좀 민망한데… 사랑에 빠졌거든. 완전히.”

페이는 박하 잎이 목에 걸릴 뻔해 기침을 했다.

“사랑? 누구랑?”

“믿기 힘들 거야. 요한이라는 중학교 국어 선생님.”

“엄청…예상밖이네.”

“그게 이상한 점이야.”

크리스가 한숨을 쉬었다.

“어떻게 만났는데?”

“우리 샵에 왔더라고. 아이가 모히칸 머리 해달라길래 반응이

궁금했지. 근데 고개 끄덕이면서 '나도 해보고 싶었어. 멋지지'이
러는 거야."

크리스는 창밖을 바라보았다.

"유부남 같아서 아쉬웠는데 혹시 몰라 샵에 남아 있었지. 계산하
려는 순간, 아이가 '아빠는 언제 와?'라고 묻는 거야."

"근데?"

"대머리 아저씨가 데려갔어. 아, 그냥 말할게. 그날 약속 싹 취
소하고 뒤를 밟았어."

"스토킹을?"

그녀는 어이없어 웃었다. 크리스답게 미친 짓이기도 했다.

"살짝, 적당히."

"어느 정도?"

"파르스타[1]까지."

"너, 도심 밖으로 나가 본 게…"

"2006년 이후로 없지, 알아. 어쨌든 파르스타 시티센터에서 나
를 알아 보더라. 내가 무슨 제임스 본드도 아니고 스투레플란부터
따라온 걸 눈치챘지."

"그래서 뭐라던데?"

"그 정도로 몰래 쫓아왔으면 목마를 텐데 커피 한 잔 사도 되냐
는 거야. 나도 인정했고, 그래서 그가 사줬지."

"세상에, 크리스. 진짜 잘됐다."

1　스톡홀름 중심부에서 남쪽으로 약 8km 떨어진 곳.

크리스는 미소를 감추지 못했다.

“나도.”

“그다음은?”

“사랑에 빠졌지. 그의 집에 가서 이틀이나 있다가 나왔어.”

크리스가 웃었고, 그녀는 속이 따뜻해졌다.

“지금은?”

“지금도 똑같이 푹 빠져 있어. 내가 평생 기다린 남자야.”

크리스의 웃음이 순간 일그러졌다. 오랜 친구가 아니었다면 놓쳤을 찰나였다. 뭔가 이상했다.

“크리스, 뭐야?”

“뭐가?”

“말해.”

크리스가 잔을 들어 한 모금 삼키고, 조용히 내려놓았다.

“암이야.”

잠긴 목소리였다.

시간이 멈춘 듯했다. 주변의 소음은 사라지고, 윤곽은 흐릿해졌다. 크리스의 목소리는 낮고 낯설었다. 그녀가 ‘암’이라는 단어를 꺼내는 순간, 믿기지 않았다. 하지만 사실이었다. 희귀한 자궁경부암.

“다 나을 때까지 말 안 하려 했는데… 이렇게 됐네.”

크리스가 어깨를 으쓱였다.

“여기서 나가자.”

숨이 막혔다.

“네가 암에 걸렸다는데 내가 시저 샐러드 씹고 있을 수는 없어.”

그 말을 하고 나자, 후회가 밀려왔다. 지금은 내 감정을 내세울 때가 아니었다.

“미안. 너무… 슬퍼서.”

크리스는 슬프게 웃었다. 페이는 억지로 닭고기를 삼켰다가, 웨이터를 붙잡아 진토닉 두 잔을 시켰다. “센 걸로 주세요.”

술이 나오기 전까지, 그들 사이엔 긴 침묵이 흘렀다.

“얘기… 하고 싶어?” 그녀가 조심스레 물었다.

“모르겠어. 아마. 근데 어떻게 해야 할지 모르겠네.”

“나도 몰라. 하지만 넌 이겨낼 거야.”

부드럽게 크리스의 손을 잡았다. 페이가 낙태 수술을 받을 때 붙잡아 주던 바로 그 손이었다. 이번엔 그 손이 떨리고, 얼어붙을 듯 차가워 보였다.

“언젠가는 말해야 해. 떠나든 말든.”

페이는 크리스의 손을 꽉 잡고 있었다.

피엘바카 — 그때

처음 아버지에게 맞은 건 열두 살 때였다. 엄마는 식료품을 사러 나갔고, 나는 식탁에 앉아 있었다. 아버지는 맞은편에 앉아 신문을 펼쳐 십자말풀이를 하고 있었다. 나는 단지 몸을 살짝 돌리려 했을 뿐인데, 손이 컵에 닿았다. 그 순간이 슬로모션처럼 느껴졌다. 컵이 기울고 초콜릿 음료가 흘러내려, 아버지의 신문 위에

번져 나갔다. 거의 다 풀린 십자말풀이를 적셔버린 갈색 물자국은
마치 운명이 개입한 것처럼 느껴졌다. "이번엔 네 차례다"라고 속
삭이는 듯했다.

아버지는 무심히 손을 휘둘렀다. 마치 습관처럼, 마치 아무 일
없는 듯. 그의 손바닥은 내 귀를 정통으로 때렸다. 고막이 흔들렸
고 저절로 눈물이 흘렀다. 멀리서, 세바스티안이 자기 방 문을 쾅
닫는 소리가 들렸다. 엄마가 돌아오기 전까지는, 절대 나오지 않
을 것이다.

곧이어 두 번째 타격이 왔다. 내 오른쪽 뺨이다. 나는 본능적으
로 몸을 돌돌 말고, 눈은 감은 채, 움츠렸다. 어둠 속으로 숨으면
아프지가 않았다. 언제나 그 어둠 속으로 도망쳤다. 학교에서도,
집에서도. 아이들의 소리, 선생의 호통, 세상의 모든 소음을, 마치
검은 바다 속처럼 멀리 밀어 넣었다.

아버지의 손바닥이 내 뺨을 때리는. 그 순간, 이상하게도 그 고
통을 견뎌내고 있는 나 자신에게 놀랐다. 그리고 복도 쪽에서 엄
마의 발걸음 소리가 들렸을 때, 나는 알았다. 이번은 다르다는 것
을. 끝이라는 것을.

그날, 페이는 흐린 스톡홀름 하늘 아래 카롤린스카 대학병원 앞
에서 크리스를 만났다. 도시 전체가 두꺼운 구름에 눌려 있었다.
축축한 공기, 젖은 낙엽, 진흙탕이 된 초가을의 거리로 주변은 우

중중했고 페이는 크리스의 떨리는 몸짓을 바로 알아챘다.

크리스는 몸을 잔뜩 웅크린 채 라테를 마시며 창문 쪽을 향해 있었다. "커피 생각만 해도 속이 울렁거려."

크리스는 씁쓸하게 웃으며 말했다.

"이건… 우리 둘의 일이야, 알지?"

그녀는 살짝 미소를 지었다.

"종양을 꺼내 줄 순 없겠지만, 쓰레기 커피 끊는 거야 뭐."

그 말에 크리스가 작게 끄덕였다.

"오늘은 내가 데려줄게."

호텔로 가는 차 안, 스톡홀름의 불빛이 창밖으로 흘렀다. 크리스는 창가에 머리를 기댄 채 눈을 반쯤 감고 속삭였다.

"요한은 이번 주말에는 못 온다더라. 회의 때문에."

페이는 문득 떠올랐다. 크리스의 병, 그리고 남겨둔 계획. 차가운 결의가 마음 깊은 곳에서 일었다. 그날 밤, 결정했다. 더 이상 망설이지 않기로. 야크의 컴퓨터에 설치된 키로거는 이미 절반은 성공이었다. 이제 남은 건 저장된 파일을 USB에 옮기는 것. 야크는 모든 것을 보관하는 남자였다. "언제 필요해질지 모르니까."

아이의 생일파티야말로 완벽한 기회였다. 기회를 놓치지 않을 것이다. 그리고 오랫동안 잠들어 있던 또 다른 감정이 깨어났다. 복수. 배신에 대한 분노. 모욕과 조롱들.

이제 상황은 뒤집히고 있었다. 페이는 예전과 같지 않았다. 몸도, 마음도 달라졌다. 마음속 검은 물은 어느새 깊은 강이 되어 흐르고 있었다.

페이는 차를 몰아 야크네 집 앞에 도착하면서 그렇게 생각했다. 아이는 일곱 번째 생일을 '갈라 파티[2]'로 하고 싶다는 말을 했고, 그는 정원 전체를 분홍 풍선과 파티 천막으로 꾸몄다. 붉은 카펫 대신 분홍 러그. 아이들을 찍어 포토월에 붙이는 사진사. 선물과 음식으로 넘쳐나는 정원은 대단히 과시적이었다.

차문이 열리는 순간, 아이는 환호성을 지르며 달려왔고, 야크와 윌바가 현관으로 나와 맞았다. 페이는 천천히 차에서 내려 좁은 언덕길을 한 걸음씩 올랐다. 야크의 시선이 페이에게 머무는 것을 느꼈다. 윌바도 그 시선을 알아차린 듯했다.

"멋지게 준비하셨네요."

"꼭 특별하게 해주고 싶었어요."

윌바가 대답하며 뺨을 다정히 맞댔다. 샴푸와 향수가 섞인 공기.

"오늘은 저희가 좀 물러날게요. 그래도 함께 계셔도 괜찮아요."

"그럼 그렇게 할게요."

페이가 안으로 들어가면서, 머릿속엔 그의 컴퓨터가 떠올랐다. 오늘이 바로 기회였다. 거실의 미니바에는 샴페인 대신 카바가 놓여 있었다.

"카바 어때요? 전 이게 더 좋아지더라고요."

윌바가 한 잔 따라주며 말했다.

페이는 윌바가 과거를 정리했다고 믿고 있었다. 그가 자신을 지우고, 새로운 가족을 만들어가는 그 방식.

---

2 갈라 파티는 일반적인 파티보다 더 격식 있고 화려한 특별 행사를 말한다.

페이는 잔을 들어 올렸다.

"이제 두 사람은 잘 어울리네요."

윌바는 진심처럼 보이는 미소를 지었다.

"'리벤지' 프로젝트, 정말 대단하던걸요."

그녀는 무심히 고개를 끄덕였다.

"고마워요. 당신은 요즘 어때요?"

"곧 일을 그만두려 해요. 아이도."

그녀는 조심스레 미소를 띠웠다.

"우리… 곧 아기가 생겨요."

순간 페이는 숨이 멎는 듯했다. 그 말을 들을 날이 올 거라 짐작은 했지만, 이토록 날것의 고통으로 다가올 줄은 몰랐다.

"축하해요. 정말."

윌바는 손을 조심스레 자신의 평평한 배 위에 얹었다. 페이가 출산 때 홀로 견뎠던 고통을 비롯한 기억이 파도처럼 밀려왔다.

"사업은 잘돼?" 그가 물었다.

"잘돼요. 당신은? 상장 준비는 순조롭죠?"

"그렇지. 많은 일을 겪었지만, 이제 보상이 올 거야."

"조금 쉴게요."

야크가 자리를 비운 뒤, 공기 속엔 묘한 정적이 흘렀다. 페이는 낮은 목소리로 뱉었다.

"정말 멋지게 변했네."

그의 시선은 여전히 페이를 더듬고 있었다. 예전 같았으면 그 시선에 무너졌을 것이다. 하지만 지금은 달랐다. 페이는 감정의 흐름을 통제하고 있었다.

그가 다가와 조용히 술을 따랐다.

"가끔… 널 꿈에서 봐." 그의 목소리는 낮고 거칠었다. 바르셀로나, 배신, 그리고 쓴 약속들이 뒤섞인 냄새가 공기를 타고 퍼졌다.

야크는 페이 곁에 앉았다.

그때였다. 복도에서 발소리가 들렸다. 동시에 두 사람은 고개를 돌렸다. 아이가 분홍 드레스를 입고 계단을 뛰어 내려왔다. 얼굴엔 화장이 칠해져 있었다. 페이는 순간 망설이다, 미소를 지었다.

"정말 예쁘다. 사랑스러워."

"제시카가 모델이 될 수 있대요!"

"제시카?"

"메이크업 아티스트요."

야크가 아이를 무릎에 올려 앉혔다. 그 순간, 잠시나마 세 사람이 다시 가족인 것만 같았다. 그리고 그 틈을 놓치지 않았다. 페이는 조용히 2층 서재로 올라갔다. 컴퓨터 책상 옆, 그녀는 숨죽이며 USB를 꺼냈다. 책상 위엔 두 장의 사진. 하나는 젊은 월바의 흑백 초상. 다른 하나는 그 세 사람이 웃고 있는 가족사진. 페이는 깊게 숨을 들이마셨다. 마우스를 움직여 화면을 켰다. 익숙한 비밀번호를 입력했다. 변함없었다. 그의 컴퓨터 화면에는, 야크와 월바가 팔을 맞잡고 포옹하는 사진이 떴다. 그 장면은 가슴 깊은 곳에 묻어둔 분노를 끌어올렸다. 페이는 USB를 꽂았다.

몇 초 후 숨겨진 파일들이 나타났다. 그녀는 파일을 복사했다. 내 문서 폴더 안의 모든 자료를 복사했다. 그 순간, 문밖에서 발소리가 들렸다. 페이는 본능적으로 몸을 돌렸다.

문이 열렸다. 야크가 서 있었다.

"그냥… 조금 예전 생각이 났어요. 이 책상, 그대로 있어서 반가워서요."

페이는 고개를 숙였다.

"죄송해요."

야크가 한 걸음 다가왔다. 페이는 손 안의 USB를 더 꽉 쥐었다.

그가 몸을 가까이 하며 낮고 거친 목소리로 속삭였다.

"내가 그리웠던 거지?"

페이는 떨리는 숨을 삼키며 눈을 감았다. 하지만 그 순간, 알았다. 끝까지 이 연극을 해내야 한다는 걸.

페이는 천천히 숨을 고르며 옷매무새를 바로잡았다. USB는 여전히 손 안에 남아 있었다. 밖으로 나왔다. 파티는 절정이었다. 소녀들은 번쩍이는 드레스를 입고 노래를 부르고 있었다. 무대 위엔 아이돌 듀오가 등장했고, 환호성이 터졌다.

페이는 미소를 지었다. 그것은 굴욕이 아니었다. 그것은, 다짐이었다. 이제… 이 모든 것을 끝낼 순간이 곧 온다.

엄마가 부엌 아래층에서 훌쩍거리고 있었지만, 나는 침대에서 일어날 수 없었다. 아버지의 폭력 막을 힘이 없었다. 대신 어둠이 온몸을 감싸도록 내버려 두었다. 불안을 잠재우는 유일한 방법이었다. 곧 가을이 올 터였다. 그러면 아버지는 더 끔찍해질 것이다. 엄마에게, 나에게, 그리고 세바스티안에게. 아버지는 마치 사냥감을 가둔 우리 속의 미친 짐승 같았다. 우리는 서로의 궤도를 돌며 갇혀 있었다. 외딴 마을 속의 더 외딴 가족, 세상의 모든 빛으로부터 고립된 하나의 작은 단위.

누군가가 와서 우리를 구해주길 꿈꿨다. 모두가 알고 있었다. 충분히. 그런데 왜 아무도 오지 않았을까? 왜 누구도 우리를 데려가지 않았을까? 사람들은 멍든 자국과 상처를 보지 못한 척했다. 엄마는 그해 겨울만 해도 여덟 번이나 병원에 갔다. 어깨가 빠지고 손목이 부러지고 턱뼈에는 금이 갔다. 엄마가 말한 '지하실 계단에서 굴렀어요', '찬장이 갑자기 열려서 부딪혔어요'같은 핑계를 그대로 믿어버렸다. 모두 눈을 감았다.

이번 겨울은 어떻게 될까?

엄마의 울음소리가 더 가까이 들릴 즈음, 방문이 열리고 다시 닫혔다. 세바스티안이 맨발로 다가와 내 침대 속으로 파고들었다. 그러고서 개처럼 몸을 말았다. 나는 알 수 있었다. 나를 지켜줄 수 있는 사람은 오직 나뿐이라는 걸. 나는 그들보다 강했다. 특히 세바스티안보다.

세바스티안의 숨소리가 창밖에서 몰아치는 바람과 파도소리에 섞여 들려왔다. 바캉스 손님들은 모두 떠났다. 휴가철이 끝나고 겨울까지 남는 가족은 우리뿐이었다. 여름마다 찾아오던 피서객들은 우리 집에서 새어 나오는 비명소리를 들었을 것이다. 하지만 그들은 듣지 않은 척했다. 휴가를 망치고 싶지 않았을 것이다. 어쩌면 나도 그 마음은 이해했다. 예쁜 도시로 돌아가면서 그들은 우리를 단 한 번이라도 떠올렸을까? 아니었을 것이다.

다음 날 아이를 학교에 데려다 준 뒤, 페이는 사무실에 틀어박혀 노트북을 열고 키로거가 저장한 기록 파일을 훑어봤다. 새 비밀번호를 찾는 데는 십 분이면 충분했다.

그의 지메일 비번: venividivici3848.

페이는 전날 서재에서 벌어진 일을 누구에게도 말하지 않았다. '인정에 굶주린 페이'연기를 해야 했지만, 다른 선택지가 없었다. 그가 USB를 눈치채지 못하게 하려면 끝까지 속도를 맞춰야 했다. 페이는 그의 지메일에 로그인해 문서 목록을 스크롤하며 원하는 것을 찾았다. 필요한 건 모두 있었다.

오전 내내 페이는 기록 파일의 나머지까지 살피며 그의 컴퓨터 사용 내역을 따라갔다. '소녀', '십대', '사춘기'같은 포르노 검색, 사무실에서 잤던 '멍청한 계집애'에 대한 잡담, 여성 직원의 몸무게를 조롱하는 대화… 언젠가 유용해질 만한 것들이었다.

노트북을 들고 셰르스틴에게 외근이라고 알린 뒤 스타벅스에 앉아 문서들을 계속 검토했다.

문자 알림이 울렸다.

야크였다. "지난번의 좋았던 기억이 떠나질 않네. 볼까?"

페이는 답장을 어떻게 할지 잠시 고민했다. 예상보다 빠르게 돌아가고 있다. 마지막 단계까지 그의 관심을 붙잡아둬야 했다. 짧게 답을 보내고 전송을 눌렀다.

스투레바뎃 2층. 크리스는 오렌지 주스를 마시고 있었다.

하얀 테리 가운을 걸친 노년 손님들이 20만 원짜리 샐러드를 먹는 소리가 아래층 풀장의 물소리와 뒤섞였다. 페이가 자리에 앉자 크리스가 물었다.

"왜 여기서 보자고 했어?"

"아, 안녕. 못 봤네."크리스가 멍하니 웃었다.

"몰라. 이 소리가 날 안정시켜. 커다란 따뜻한 자궁 안에 떠 있는 느낌?"

페이는 친구의 초점 흐린 눈빛을 살폈다. "기분은 어때?"

"오늘은 좋은 날. 병원엔 안 갔거든. 요한이랑 저녁 약속도 있어."

"얘기했어?"

크리스는 테이블을 내려다봤다.

"아직… 못 했어."

페이는 크리스의 손을 잡았다.

"내가 같이 가면 더 나을까? 혹시… 만약을 대비해서."

크리스가 천천히 끄덕였다. "정말 그럴래?"

"당연하지."

발할라방엔 있는 요한의 학교는 붉은 벽돌 건물이었다. 안으로 들어가니 터키석색 사물함이 줄지어 있었고 사람 그림자는 없었다.

"어디 있는지 알아?"

"아마 점심시간 아닐까?"

시계는 열두 시를 가리켰다. 그 순간, 교실문이 열리며 아이들이 쏟아져 나왔다.

밀려오는 아이들을 피하려 벽에 붙은 채 그녀가 말했다. "전화해."

크리스가 오른쪽 귀에 폰을 대고 왼손으로 다른 귀를 막았다. 요한이 전화를 받자 몸을 돌려 낮게 몇 마디 했다.

크리스가 어깨를 톡 치며 속삭였다. "바깥에서 보자고 한대."

"뭐래?"

"그냥… 놀라고 기뻐하는 목소리."

두 사람은 운동장으로 나가 관목 옆 벤치에 앉았다.

"어때?"

"떨려."

"잘 될 거야. 정말."

문이 열리고 키 큰 금발 남자가 나타났다. 체크 셔츠에 청바지, 헝클어진 머리, 환한 미소. 그에게 호감이 갔다.

"크리스! 반가워요. 어떻게… 여기를?"

"드디어 뵙네요. 거의 상상 속 친구인 줄."

그는 곧 분위기가 심상치 않음을 눈치챘다.

"무슨 일… 괜찮아요?"

"앉아서 얘기하죠."

크리스가 가운데 앉아 깊게 숨을 들이켰다. 망설임. 그녀가 팔꿈치로 살짝 밀었다. 크리스가 요한의 손을 잡았다.

"말해야 할 게 있어… 나, 아파. 암이야."

말은 거의 웅얼거림에 가까웠지만, 요한의 표정은 모든 걸 알아들었다는 듯 바뀌었다. 그는 깊게 숨을 쉬고 고개를 끄덕였다.

“알고 있어.”

“뭐라고요?” 두 사람이 동시에 소리쳤다.

“당신 집에서 항암치료 안내문을 봤어.”

“왜 말 안 했어?”

“네가 말하고 싶을 때 말하도록 기다리고 싶었어.”

크리스가 요한을 끌어안았다. “그리고… 날 떠날 거야? 그러고 싶다면 이해해.”

요한은 고개를 저었다.

“세상에, 사랑해. 암 정도로 내가 널 떠날 줄 알아? 널 만난 뒤로 이렇게 행복한 적 없어.”

“하지만 나… 죽을지도 몰라. 그럴 가능성이 더 커.”

요한이 조용히 수긍했다. “그렇게 되면 네가 마지막으로 보게 될 건 이 못생긴 내 얼굴일 거야.”

크리스는 요한에게 현재 상태를 차분히 설명했다. 페이는 문득 생각했다. 만약 야크에게 이런 말을 했다면? 그는 질병도 약함도 싫어한다. 암이라는 말을 듣자마자 줄행랑쳤을 것이다.

요한은 크리스를 향해 자세를 고쳐 앉았다. “나도 오래 미뤄온 걸 말할게.”

크리스의 얼굴에 걱정이 스쳤고 페이는 속으로 발끈했다. 지금 불륜 자백이라도 하려는 건가? 요한이 주머니에서 작고 빛나는 반지를 꺼내더니 무릎을 꿇었다. 크리스는 무슨 일인지 몰라 눈만 크게 떴다. 운동장에 서 있던 몇몇 아이들이 상황을 눈치채고 주변에 몰려들었다.

요한의 세계에는 지금 둘뿐이었다. 그는 가볍게 헛기침했다. "크리스, 넌 내가 만난 가장 놀라운 사람이야. 세상에서 제일 다정하고 영리해. 첫눈에 반했어."

요한은 반짝이는 약혼반지를 들어 보였다. "우리가 만난 지 나흘 만에 사서 그때부터 늘 갖고 다녔지. 너무 빨리 꺼내면 미친놈 같을까 봐 참았는데 오히려 너무 오래 기다렸네. 나랑 결혼해 줄래?"

아이들이 환호성을 질렀다. "얼른, 승낙해! 요한 쌤 최고!".

크리스는 두 손으로 입을 막았고 요한의 얼굴에도 떨림이 스쳤다. 크리스는 눈물을 흘리며 손을 내밀었다. "당연하지."

환호성이 터졌다. 요한은 엄지손가락을 치켜들어 박수를 받았고 반지를 끼워 준 뒤 크리스가 그를 일으켜 세워 입을 맞췄다.

페이는 예트갓스바켄 언덕에 있는 '무겐'이라는 카페를 찾아가 커피를 주문하고 노트북으로 인터넷에 접속했다. 자신의 IP 주소를 숨겨 추적이 불가능하도록 VPN을 깔아 두었고 그의 지메일에서 내려받아 정리해 둔 자료가 든 USB를 꽂아 내용을 훑었다.

페이가 고른 대상은 『다겐스 인더스트리』의 마그달레나 욘손이라는 젊은 기자였다. 그녀는 오래전부터 마그달레나 기자를 눈여겨봐 왔다. 날카롭고 꼼꼼하며 글을 잘 썼다.

"자료는 더 있어요." 그녀는 이렇게 보내고 전송을 눌렀다. 너무 간단했다. 이제 일어나 가려던 참에 받은 편지함이 '띵'소리를 냈다.

"만날 수 있을까요?"

페이는 잠시 생각했다. 기자들은 출처 보호를 생명처럼 여긴다.

하지만 그들도 사람이다. 취중의 한마디, 도둑맞은 휴대폰, 애인과의 속닥거림 그 무엇이든 모든 걸 까발릴 수 있다. 지금은 그 위험을 감수할 수 없다.

"아니요. 그래도 더 원하면 말해요."

답장은 곧바로 왔다.

"감사합니다! 전문가들이 확인해야 해서 며칠 걸릴 수 있어요. 하지만 사실이라면"

"사실입니다." 페이는 이렇게 보낸 뒤 카페를 떠났다.

『다겐스 인더스트리』 1면 제목은 이랬다. "콤파레 CEO 야크 아델헤임, 직원들에게 한 지시는 노인과 약자를 후려쳐라." 그 아래에는 마그달레나 욘손에게 보낸 동영상의 정지 화면들이 이어졌다.

페이는 부엌 아일랜드에 앉아 커피를 한 모금 마셨다. 사상 최대 규모로 상장한 콤파레의 CEO 야크 아델헤임이 노인들에게 거짓말을 해서라도 돈을 뜯어내라고 직원들을 부추겼다는 기사가 네 페이지에 걸쳐 실렸다. 콤파레 직원 콘퍼런스에서 그가 "노친네들"에게 뭐든 다 끼워 팔라고 지시하는 장면은 치명적이었다. 중요한 건 이익, 오직 실적. 그 10분짜리 영상은 모든 명예를 산산이 날려 버리기에 충분했다. 이게 바로 가장 간절히 찾던 불씨였다. 나머지는 그 위에 얹는 생크림에 불과했다.

페이는 계속 읽어 내려갔다. 굶주린 듯, 약간의 통쾌함까지 섞여서. 가슴에는 기쁨이 팔딱거렸다. 야크가 사냥감이 되었다는 사실을 아는 느낌이랄까.

언론은 가차 없었다. 『DI』는 명확하고 일관됐다. 정치인, 의료 행정가, 사기를 당한 노인들의 가족들이 줄줄이 인터뷰에 응했다. 칼럼니스트는 "지난 10년간 최악의 스캔들"이라며 야크 아델헤임이 자리에서 물러나는 것 말고는 답이 없다고 못 박았다. 다 읽고 나서는 『아프톤블라데트』, 『익스프레센』, 『다겐스 뉘헤테르』를 확인했다. 세 곳 모두 톱기사로 이 스캔들을 올렸다. 『아프톤블라데트』는 아침 방송에서 주가에 미칠 파장을 따로 토론할 정도였다. 누가 더 독하게 야크를 비판하느냐로 경쟁했고 대중은 들끓었다. 어떻게 그럴 수가 있나, 그는? 콤파레는?

페이는 야크를 머릿속에 그려 보았다. 지금 뭘 하고 있을까? 회사를 살리고 주가 하락을 막겠다며 사퇴할까? 그는 공개적 망신을 그 무엇보다 두려워했다. 그래서는 안 된다. 그건 페이의 계획과 정반대다. 끝까지 싸우도록 부추겨야 한다. 회사를 구할 수 있는 건 그뿐이라고 그만한 적임자가 없다고 설득해야 한다. 어렵지 않을 것이다.

페이는 사무실에 나가 있던 셰르스틴에게 전화를 걸었다.

"봤어요?"

"지금 읽고 있는데 대단하네요."

"알아요. 그럼 어떻게 하는 게 좋을까요?"

"조심하세요. 그 사람이 찾아올지도 몰라요."

"정말 그럴까요?"

"확실해요. 위기 때 사람은 자신을 확인시켜 줄 사람을 찾거든요. 그가 확인받고 싶을 때 가장 먼저 찾아올 사람 당신일 거예요.

늘 당신이 필요했을 거예요. 다만 그걸 스스로 인정할 머리가 없었을 뿐이죠."

"지금 주가 얼마예요?"

키보드를 두드리는 소리가 들렸다.

"개장 후 97크로나에서 82크로나로 빠졌어요."

기침이 나왔다. 큰 낙폭이지만, 페이의 기대에는 여전히 못 미친다. 50크로나 아래로 떨어지면 맨섬의 자산운용가에게 가능한 한 모든 주식을 사들이라고 지시할 참이었다. 그 정도면 과반이 보일 것이다.

야크와 헨리크는 콤파레 지분 40%를 갖고 있었다. 초기에 투자를 많이 받았고 그들에게 회사 주식을 팔았다. 두 사람은 "같은 비전을 공유하는 동지들"이라 포장했지만, 과반이 없다는 건 곧 취약하다는 뜻이다. 페이가 계속 경고했지만 소용없었다.

"갈 길 남았네."

"계획대로 될 거야. 야크에 대한 불만이 커질수록 주가는 더 빠져. 넌 그가 의자에 붙어 있게만 하면 돼."

"알아."

잠깐 침묵.

"오늘은 회사에 언제 와?"

"아마 못 가. 크리스가 날 필요로 해."

"그럼 크리스한테 가. 여기 일은 내가 맡을게."

크리스는 피곤해 보였다. 안색이 잿빛이고 눈 밑에 커다란 다크서클이 드리워졌다. 그래도 페이를 보자 미소를 그렸다.

“아, 너구나. 강도인 줄 알았어.”

“근데 문을 열어?”

“화풀이할 누군가가 필요했거든.”

크리스가 흰 방범문을 풀며 말했다.

“불쌍한 강도네. 상대도 안 되겠지. 뭐 좀 먹었어?”

“거의 못 먹었어. 스파클링도 당기지 않아. 사태의 심각성을 알겠지? 수액으로 샴페인 넣어 줄 수 있는지 병원에 물어보려던 참이었어.”

크리스가 소파 위에 눕는 동안 페이는 냉장고를 뒤져 뭐라도 먹일 것을 찾았다. 결국 캐비아를 바른 크리스프브레드 두 장. 크리스는 몇 입 베어 물다 접시를 밀어냈다.

“난 평소에도 캐비아 못 먹어.”

휴지로 혀를 문질렀다.

“왜 말을 안 해?”

크리스가 어깨를 으쓱했다.

“항암치료가 미각을 다 죽여 버린 것 같아서, 그동안 못먹던 캐비아도 혹시.”

“의사는 뭐래?” 그녀가 조심스럽게 물었다. 접시를 치우며.

“그 얘기 하지 말자.”

“그래. 하지만 난 걱정돼.”

크리스가 크게 한숨 쉬었다. “상황이 좋지 않아, 진짜로.”

“무슨 뜻이야?”

“구역질에 구토에 머리카락도 빠져. 살이 빠져서 헬스장 땀은 덜

흘려도 되겠네.”

“무슨 말을 해야 할지 모르겠어.”

크리스가 손으로 말을 잘랐다. “딴 얘기 하자. 평소처럼 굴어. 새 소식.”

“요즘 신문 안 봐?”

크리스가 지친 고개를 저었다. 현관에 있던 『다겐스 인더스트리』를 구겨진 채로 꺼내 와 크리스 배 위에 올려놓았다. 크리스는 페이를 흘끗 본 뒤 기사로 넘어갔다.

“대단한데.” 크리스가 신문을 접었다.

“이 정도로 많이 나올 줄 알았어?”

“더 좋은 건, 양대 석간 신문까지 실렸고, 인스타그램에서 화제라는 거.”

“너 지금 신나 죽겠지?”

“성급하게 기뻐하긴 싫어.”

“그래도 축하는 해야지. 술이나 가져오라 할까?”

“필요 없어, 크리스. 네가 나으면 그때 하자.”

억지로 미소를 지었다. “약혼생활은 어때?”

“시간당 세 번 토하는 현실 속에서도 끝내주지. 요한이 매일 침대에서 조식 서빙해 줘.”

“근데 넌 안 먹잖아?”

“그건 요한이 모르지. ‘30분 뒤 침대 위에 다 토한다.’고 차마 말 못 하겠어.”

“결혼은 언제?”

“그게 문제야. 요한은 1년 안에 하자는데 난 버틸 자신이 없어.”

그녀는 ‘요한이 너보다 겨우 다섯 살 어린데’라는 말은 삼켰다. 대신 단호하게 말했다. “안 된다고 해. 네가 못 한다고.”

크리스에겐 시간이 필요했다.

“못 할 수도 있어. 초대하지도 않은 종양들이 벌써 와 있거든.”

“치료가 효과를 낼 거야. 반드시.”

“두고 보자.”크리스가 몸을 돌렸다. 잠시 뒤 깊이 잠들었다.

페이는 담요를 덮어 주고 무릎을 토닥였다. 그리고는 문을 잠그고 나왔다. 계단을 내려오면서 마음은 무거웠다. 늘 웃던 크리스가 스스로 죽음을 받아들인 사람처럼 보였다.

SVT의 경제 뉴스 화면은 콤파레 주가가 곤두박질치는 그래프를 반복해서 보여주었다. 화면은 곧장 블라시에홀멘의 본사 정문, 그리고 리디니에의 자택 앞을 오갔다.

“대체 어디에 숨어 있는 걸까요?”

소파 위에 몸을 던진 채 TV를 쏘아보던 셰르스틴이 중얼거렸다.

“아마 PR 컨설턴트들이랑 머리 싸매고 있을거예요.”

“그게 도움이 되긴 해요?”

“아마도 아니겠죠. 그래도 그 컨설턴트들이 헛소문 하나 만드는 데 몇 천 크로나는 받을거예요.”

페이는 시선을 돌려 셰르스틴을 바라봤다.

“오늘, 랑나르한테 다녀왔다고 했죠? 어땠어요?”

셰르스틴은 고개를 저었다.

"그 사람 얘긴... 지금은 하고 싶지 않아요."

페이는 고집을 부리지 않았다. 오늘만큼은.

아이가 거실로 들어오자 페이는 조용히 채널을 바꿨다. 두 사람 사이엔 아이를 매개로 한 묘한 연대가 싹트고 있었다. 셰르스틴은 이제, 거의 밤에만 자기 아파트로 돌아간다. 페이는 그 사실이 좋았다.

페이에게는 아이도 있고 셰르스틴도 있다. 그 정도로 만족하면 안 될까? 정말 야크를 완전히 박살내야만 할까? 그가 정말 아이를 사랑하는 사람인지 페이는 확신하지 못했다. 결국 선택지는 하나뿐이었다.

페이는 거실을 나와 주방으로 향했다. 와인 한 잔을 따라 들고, 다시 거실 소파에 앉았다. 아이패드를 집어 들려는 순간, 휴대폰에 메시지 알림이 떴다. 야크였다.

"지금 만나야겠어."

"어디서요?"

약 1분 후, 또 다른 메세지가 도착했다.

"우리가 처음 만났던 곳에서."

굵은 빗줄기가 억수같이 내리고 있었다. 택시 문이 닫히는 소리, 그리고 페이는 바 안으로 뛰어 들어갔다. 문 앞에는 20대 초반쯤 보이는 청년 셋이 맥주잔을 든 채 앉아 있었다. 그 맨 안쪽 16년 전, 그녀와 친구였던 크리스가 앉았던 바로 그 자리. 그리고 그곳에, 야크가 있었다.

그는 반쯤 남은 맥주잔을 내려다보고 있었다. 바텐더가 그녀를 보며 고개를 끄덕였다.

"맥주 두 잔이요."

바텐더가 새 잔 두 개를 건네자, 페이는 가볍게 한 잔을 그의 앞으로 밀어 놓았다.

"안녕."

그는 쓸쓸하게 웃었다.

야크의 안색이 창백했다. 피부는 후끈해 보였고, 눈은 피로에 충혈되어 있었다. 이렇게 기가 꺾인 그를 본 적이 없었다.

본능이 페이를 움직이려 했다. 달려가 그를 껴안고, "괜찮아질 거야"라고 속삭이고 싶었다. 하지만 억제했다.

"괜찮아?"

그의 고개는 느리게 저어졌다.

"이… 이건 내가 겪은 것 중 최악이야."

그가 자기 연민에 빠져 있는 모습을 보는 순간, 페이의 마지막 연민도 사라졌다. 과거, 자신이 모든 걸 잃었을 때 아무런 연민도 보여주지 않았던 그 사람. 그런데 지금, 왜 이 남자에게 연민을 품어야 할까? 하지만, 원하는 걸 얻기 위해서는 먼저 그가 원하는 것을 주어야 했다.

"어떻게 할 생각이예요?"

그녀는 목소리를 부드럽게 깔았다.

"모르겠어."

야크가 지금 사퇴하면, 모든 게 물거품이 될 것이다. 그저 또 한 명의 '탐욕스런 금융맨'으로 끝날 뿐이다. 그를 붙잡아야 했다. 높은 곳에서 떨어질수록 그 충격은 컸다. 잠시, 배경에서 흘러나온 음악(Coming Around Again). "산산조각나도 좋아, 부서진 심장 엔 더 많은 공간이 있으니까." 그 가사가 페이를 파고들었다.

"그건 10년도 더 전 일이야."

그가 말했다.

"비즈니스란 원래 그런 거야. 결과만 보면 되지, 과정 따위 누가 신경 써? 사람들은 성공한 인간을 질투해. 너와 나 같은 인간을 미워해, 페이. 우리가 더 똑똑하니까."

그녀는 아무 말도 하지 않았다. 그가 입 밖으로 꺼낸 '우리'라는 단어가, 마치 오래전부터 잃었던 뭔가를 덮어쓰려는 것 같았다.

그는 계속 투덜거렸다.

"우리의 방식이 좀 거칠었을지 몰라도 불법은 아니었어. 연금생활자라고 해서 돈 못 지켜? 다 성인이잖아. 각자 책임이지. 이 빌어먹을 나라에선 늘 남 탓이지."

그는 머리를 절레절레 흔들었다.

"내 잘못이라 해봐야 돈을 좀 벌었다는 것뿐이지. 그게 사람들 눈에 가시야. 공산주의자들 같으니."

그는 가장 아끼던 장난감을 빼앗긴 아이처럼 절박하게 보였다.

천천히, 조용히. 한 번에 확 타버리면, 그는 다시 일어나지 못할 것이다.

조심스럽게, 페이는 그의 손등에 손을 얹었다.

"야크."

"네 말, 일리 있어. 하지만 '톤'을 낮춰야 해."

“그땐 어려서 그랬고 지금은 달라졌다고 말해요. 요양시설에 자원봉사 하고 언론을 불러요.”

그는 잠시 눈을 내리깔았다. 목의 붉은기가 조금 가라앉았다.

“그래… 그럴지도 모르겠네.”

우월감으로 가득했던 그의 몸짓은 조금 누그러졌다. 페이는 그가 요양원을 방문하는 장면을 머릿속에 그렸다. 기자들은 그런 제스추어에 넘어가지 않을 것이다. 그러면 오히려 더 망신을 당한다. 대신, 더 오래 끌 수 있다.

“그래… 그럴 수도 있겠네.”

그는 곰곰이 생각하는 표정이었다. “이사회랑 헨리크는 뭐래요?”“걱정하지. 하지만 난 이게 곧 잠잠해질 거라고 설명했어. 아무도 내가 물러나길 바라진 않아. 나보다 적임자는 없어.”

그는 어깨를 폈다. 자신의 우월감과 탁월함에 대한 확신은 여전했다.

페이는 지미 추 힐을 그의 구찌—그것도 촌스러운—구두에 천천히 박아 넣고 싶은 충동을 눌렀다. 윌바 때문인지, 해마다 그의 취향은 더 요란하고 로고 범벅이 돼 갔다. “그럼 다행이네.”

“그들이 그걸 알아봐 줘서.”

그가 눈을 마주쳤다. “와줘서 고마워. 내가 늘 쉬운 인간은 아니었지. 윌바 일이란 것도… 살다 보면 어쩔 수 없이 벌어지는 일들이 있으니까. ”

야크는 취기가 돌아 보였다.

“아무도 널처럼 날 이해하지 못했어. 아무도. 도대체 내가 무슨 생각을… ”

페이는 서로 얽힌 손을 내려다봤다.

“이젠 철들었어, 성숙해졌다고. 내가 틀렸다는 걸 알아. 그냥…
다 갖고 싶었을 뿐이야.”

목소리는 불쌍하고 혀는 꼬여 있었다. 분노가 귓속에서 윙윙거
렸다. 왜 이제야 그의 나약함이 보였을까? 얼마나 세차게 눈을 감
고 있었던 걸까? 자기 멋대로 빈칸을 메워 왔던 건 아닐까? 숫자
색칠 놀이처럼 미완의 그림을 ‘완성작’이라 우겼던 건 그녀 자신
이었는지도.

“이젠 그만 생각해요.”그녀는 갈라진 목소리로 말했다. “이미
벌어진 일이예요. 지금 중요한 건 당신이 이걸 헤쳐나가야 해요.”

그가 주위를 훑었다.

“여긴 우리가 처음 만났을 때랑 똑같네. 기억나?”

그의 얼굴이 밝아졌다.

“당신이 지금 앉은 자리에 내가 앉았고 크리스가 여기에.”

그가 고개를 끄덕였다.

“그때 모든 게 어떻게 변할지 알았다면 어땠을까? 난 정말 네게
미쳐 있었지. 참… 좋았어. 모든 게… ”

“단순했죠.” 페이가 말을 받았다.

분노의 웅웅거림이 여전히 귀를 막았다. 그의 향수 어린 목소리
말고는 아무것도 들리지 않았다.

“그래. 딱 그거. 단순했어.”

잠시 침묵이 흘렀다. 그녀가 헛기침을 했다.

"그래서 어떻게 할 건데요?"

"싸울 거야." 그가 말했다. "이걸 이겨낼 거야."

그는 마지막으로 페이의 손을 한번 더 꼭 잡았다.

"고마워."

"천만에요." 페이는 대답했다. 야크가 그 말 속에 섞인 쓴맛을 알 아채지 못하길 바라면서.

3일이 지났다. 콤파레 주가는 73크로나까지 떨어졌다. 여러 재계 거물들이 "그의 상황은 더 이상 버틸 수 없다"고 입을 모았다. 주주들은 지분을 팔기 시작했고 예정된 세미나의 연사 명단에서도 제외되었다. 그는 인터뷰를 한 번 했지만, 처음 영상을 폭로했던 『다겐스 인더스트리』가 아니라 『스벤스카 다그블라데트』를 택했다. 그는 이번 사태를 단순한 오해라고 주장했다. 이미 오래전 일이고 커뮤니케이션의 오류이며, 누군가 성공적인 회사를 망치려는 의도에서 벌인 일이라고.

변명, 변명, 또 변명.

대중은 야크를 증오했다. 퇴직자 단체(PRO)는 "어떻게 아직도 책임을 지지 않고 회사를 떠나지 않느냐"며 분노했다. 하지만 이사회는 여전히 그에 대한 신뢰를 표명했다. 야크가 없는 콤파레는 더 큰 공포였다. 그가 곧 콤파레였기 때문이다. 그 확신이야말로 그를 파멸로 이끌 함정이었다.

크리스가 항암치료를 받는 동안, 페이는 맨섬의 은행 담당자에게 전화를 걸어 말했다. 콤파레 주식 1천만 크로나어치를 매수해

달라고. 주가는 약간 안정세를 보였다. 아직 모든 투자자가 희망을
버린 건 아니었다. 그녀는 콤파레의 작은 조각을 사들이며 동시에
그에게도 약간의 숨 돌릴 틈을 주었다. 폭풍의 눈 속의 잠깐의 고
요. 다음 수를 두기 직전까지의, 완벽한 정적이었다.

◇

　세바스티안이 침대에서 몸을 일으킬 때 잠든 척했다. 바닥에 널
려 있던 옷을 주워 입는 소리가 났다. 나는 여전히 눈을 감고 있었
다. 곧 냉장고 문이 열리고 찬장이 덜컥거리고 의자가 나무바닥을
긁는 소리가 들렸다. 그다음에 갑자기 '쨍'하는 소리에 놀라서 눈
을 떴다. 분명 세바스티안이 그릇을 떨어뜨린 것이다. 산산조각난
파편과 흩어진 요거트, 그리고 그 앞에서 당황한 세바스티안의 얼
굴이 눈앞에 그려졌다.

　나는 이불을 걷고 앉았다. 이제 무슨 일이 벌어질지 알고 있었
다. 아버지는 잠이 얕다. 게다가 토요일이었다. 그날은 절대 깨우
면 안 됐다. 부모님의 침실은 아래층, 세바스티안의 방 옆에 있었
다. 그들은 밤늦게까지 싸웠고 아버지는 완전히 지쳤을 것이다. 나
는 새벽 내내 고함과 둔탁한 충돌음을 들으며 깨어 있었지만, 세바
스티안은 내 가슴 위에 팔을 얹고 깊이 잠들어 있었다.

　아버지가 고함을 지르며 부엌으로 뛰쳐나왔다. 나는 어둠 속으
로 더 깊이 파고들었다. 세바스티안의 날카로운 비명, 그리고 이어
지는 어머니의 간청. 하지만 아버지를 막지 못할 것이다. 그는 분

노를 쏟아내야 했고 물건을 부숴야 했으며, 뭔가가 찢어지는 그 순간의 쾌감을 느껴야만 했다.

소리가 잦아들자 나는 다시 누워 이불을 덮었다. 세바스티안이 누워 있던 자리는 아직 따뜻했다.

◇

페이는 크리스를 침대에 눕히고 거실 소파 위에 앉았다.

아직 떠나고 싶지 않았다. 노트북을 켜고 업무용 메일을 확인했지만, 옆방에서 들려오는 크리스의 거친 숨소리가 마음을 찢어놓았다. 집중할 수 없었다. 받은편지함의 절반쯤 확인했을 때, 휴대폰이 진동했다. 『다겐스 인더스트리』 뉴스 속보였다.

"야크 아델헤임, 드디어 입을 열다!"

페이는 두근거리며 인터뷰 링크를 눌렀다. 마치 '유료 광고'처럼 달콤하게 포장되어 있었고, 찬사 일색이었다. 기자는 질문을 던질 때마다 야크가 쉽게 받아치도록, 꼭 골프장에서 공을 올려주는 식으로 다뤘다. 페이는 기자 이름을 확인했다. 마리아 베스테르베리.

기자 하나 유혹했다고 그가 다시 주도권을 쥐게 놔둘 생각은 없었다. 페이는 전화를 걸었다. 야크의 목소리엔 새로 얻은 자신감이 넘쳤다.

"주가가 다시 올랐어! 사람들이 콤파레 주식을 사고 있다고! 봐, 내가 뭐랬어, 이럴 줄 알았다니까!"

그의 어조엔 승리감이 묻어 있었다.

"잘됐네요, 야크. 사실 난 걱정하지 않았어요." 그녀는 속삭였다.

눈을 굴리며 크리스의 거실을 조용히 빠져나왔다. 곧 요한이 올 예정이었다.

"축하하러 만날래요?" 페이가 말했다.

"물론이지!" 그가 들뜬 목소리로 말했다.

페이는 크리스의 욕실로 들어가 약장을 열었다. 거기엔 크리스의 수면제 상자(졸피뎀)가 있었다. 알약 몇 개를 빼냈다. 크리스는 모를 것이다.

"있어?" 그가 묻는 소리가 들렸다. "여보세요? 연결 끊겼어?"

"잘 되고 있다니 기뻐. 그럼 그랜드 호텔에서 보자."

"바에서요?"

"아니, 스위트룸에서."

페이는 셰르스틴에게 문자를 보냈다. 아이를 돌봐 달라고. 두 사람은 매일 저녁 마인크래프트를 했다.

"그에게 복수하기 위해선 어떤 대가도 아깝지 않다." 페이는 호텔로 가는 택시 안에서 그렇게 되뇌었다.

지금 페이는 더블침대 위에 누워, 자신감을 되찾은 전 남편을 바라보고 있었다. 그가 숨을 몰아쉬며 그녀의 가슴을 핥고 깨물고 입으로 탐했다. 그녀는 쾌감을 느꼈다. 하지만 그것은 성적인 것이 아니라, 그가 자신이 주도권을 쥐고 있다고 믿는 착각에 대한 쾌감이었다.

예전 그의 사무실, 잉마르 베리만의 책상 위에서의 섹스는 꿈이었다. 그러나 그건 처음부터 존재하지 않았던 환상이었을지도 모른다.

그의 입냄새가 섞인 키스가 역겨웠다. 회색 머리를 감추려 염색을 했는지, 머리카락은 마치 가발 같았다. 그녀는 그가 보톡스까지 맞은 게 아닌가 의심했다. 그 생각만으로 몸은 메말랐다.

페이는 형식적으로 신음소리를 냈고 그는 속아 넘어갔다. 야크는 여자의 절정에는 전혀 관심 없는 남자였다. 여자에게 절정이 있다면, 그것은 오직 자신의 자존심을 세워 주기 위한 장식일 뿐이었다.

페이는 침대에 그대로 누워 그가 나체로 방을 돌아다니는 걸 지켜봤다. 자신이 얼마나 작고 초라한 남자를 사랑했는지 이제야 보였다. 야크는 헬스장에 주 5회나 다닌다더니, 엉덩이는 늘어지고 가슴엔 살이 잡혀 있었다. 페이는 마치 오랫동안 흐릿한 시력으로 살다가 안경을 처음 쓴 사람처럼 느꼈다.

'그 모든 시간 동안 내가 본 건 야크의 실체가 아니라, 그가 나에게 심어준 자기 이미지였던 거야.'

페이는 그제야 깨달았다.

그가 휘파람을 불며 욕실로 들어갔다. 페이는 재빨리 팬티와 브래지어를 챙겨 입고 샤넬 보이백을 꺼냈다. 그 안에는 크리스네 집에서 빻아 온 스틸녹트 가루 세 알 분량이 들어 있었다.

야크가 샤워하는 동안, 위스키 한 잔과 카바 반 병을 주문했다. 욕실 안에서 그가 러브 미 텐더를 부르고 있었다. 야크의 잔에 약

가루를 털어 넣었다.

"완전히 지쳤어." 그가 나와 침대에 고양이처럼 몸을 늘어뜨렸다.

"긴장이 풀린 거예요. 위스키 한 잔 하고 좀 쉬어요." 그녀는 욕실문을 닫았다.

따뜻한 욕조 속에서 그녀는 두 잔의 카바를 들이켰다.

"야크?"

대답이 없었다. 욕실문을 열자 그는 벌거벗은 채 입을 벌리고 자고 있었다. 축 처진 그의 성기가 허벅지에 붙은 하얀 벌레처럼 보였다.

그가 코를 골자, 살짝 몸을 움찔했지만 다시 잠들었다.

페이는 가운을 걸치고 그의 노트북을 꺼냈다. 그리고 네트워크에 접속했다.

'얼마나 시간이 있을까?'

이 순간을 얼마나 기다렸던가. 그가 방심하게 만들기 위해, 한 걸음씩 천천히 밑 작업을 해 왔다. 오늘, 그 인내가 결실을 맺는 밤이었다. 최근 보낸 메일함을 뒤졌지만, 별다른 것은 없었다. 그때 침실에서 진동음이 났다. 페이는 얼른 나가 확인했다. 야크 곁의 휴대폰은 아니었다. 다른 기기였다. 두 번째 폰. 당연했다. 그 비밀폰엔 여자들이 있었겠지. 그의 재킷 주머니를 뒤져 흰색 아이폰을 꺼냈다. 잠금 해제에는 암호나 지문이 필요했다. 그의 손가락을 조심스럽게 잡아 센서 위에 눌렀다. 띠익 열렸다.

문자 보낸 사람은 헨리크.

"어디야?"

페이는 답장하지 않고 메시지 목록을 훑었다.

야크의 문자 내역은 거의 성매매 일지에 가까웠다. 하루에도 두세 명의 여자와 관계를 맺었다. 도대체 언제 회사를 운영했다는 말인가? 여자들이 보낸 건 샤워 영상, 자위 영상, 노골적인 사진들. 그는 거기에 자기 성기 사진을 답장으로 보냈다.

이제는 그를 더 미워할 여지도 남지 않았다. 그저 한심했다. 하지만 이걸 언론에 쓸 수는 없었다. 스웨덴 언론은 불륜 정도로는 절대 터뜨리지 않는다. 영국이었다면 그의 사진이 다음 날 모든 신문 1면을 장식했겠지만.

그래도 페이는 자신의 휴대폰으로 모든 걸 촬영했다. 폰 안의 사진 목록, 메시지함, 그리고 소유자 정보까지 혹시 모를 증거를 남겨두기 위해서였다.

'메모'앱엔 날짜와 장소가 섞인 짤막한 메모들만 있었다. 메시지 기록과 맞지 않았다. 뭘까? 비즈니스 미팅? 그렇다면 왜 달력엔 기록이 없지?

페이는 '음성 메모'아이콘을 눌렀다. 아무 기대도 하지 않았는데, 35개의 음성파일이 나타났다. 하나를 눌러 재생하자 그의 목소리와 낯선 남자의 목소리가 들렸다. 두 사람은 마치 오래된 친구처럼 편하게 대화했다.

'그가 남자랑도 잤던 건가?'

이젠 뭐가 나와도 놀랍지 않았다.

페이는 속으로 웃음을 삼켰다. 모든 걸 저장해야 했다. 흔적을 남기지 않으려고, 그의 폰에서 스피커로 재생하며 자신의 휴대폰으로 다시 녹음했다. 녹음된 파일을 재생하자, 배경에는 그의 코고는 소리가 희미하게 섞여 있었다.

한 시간 뒤, 노트북까지 모두 확인한 페이는 만족했다. 더 이상 찾을 건 없었다. 하지만 충분했다. 끔찍한 섹스였지만, 그만한 가치는 있었다. 페이는 문득 생각했다. 그는 처음부터 이렇게 서툰 남자였던 걸까? 아니면 자신이 스스로 속아 온 걸까? 어쩌면 비교 대상조차 없던 탓일지도 몰랐다. 그러다 지난주 스파이바에서 만난 '너바나 티셔츠의 남자'를 떠올렸다. 그는 세 번의 절정을 선물했었다. 그 순간, 그녀의 몸이 다시 뜨겁게 반응했다.

페이는 첫 폭로를 한 그 기자에게도 음성 파일을 보냈다. 콤파레의 최고경영자가 자사 요양 시설의 방치로 인한 사망소식을 숨기려 했다는 폭로는 스웨덴 전역에 충격파를 던졌다. 콤파레의 주가는 급락했고 경제지와 타블로이드지 모두가 정치인과 비즈니스 인사들, 그리고 익명의 소식통을 인용하며 그의 퇴진을 요구했고 오늘 주가는 63크로나까지 내려갔다.

요한이 크리스를 돌보기 위해 휴직해서 페이의 방문은 점점 뜸해졌다. 두 사람이 함께 보낼 마지막 시간이라는 걸 깨닫기 시작한 뒤로는 더더욱.

요한이 문을 열었다. "어때요?" 그녀가 물었다.

그는 어깨를 으쓱했다. "글쎄… 뭐라고 해야 할지."

"그럼 잠깐이라도 산책할래요? 바람 좀 쐬게."

"크리스가 당신하고 단둘이 얘기하고 싶다고 했어요."

크리스는 피부와 뼈만 남아 갈비뼈가 도드라졌고 어깨의 피부는 쇄골 위로 팽팽히 당겨져 있었다. 눈은 꺼졌고 피부는 축축하면서도 메말라 잿빛이었다. 페이는 침대 곁 의자에 앉아 살며시 크리스의 손을 잡았다.

"난 여기까지야." 크리스가 말했다.

"그런 소리 하지 마."

"너도 요한도 나 간호하느라 시간을 허비하기엔 아까워." 페이는 손을 더 꽉 쥐었다.

"의사들은…?"

"치료는 중단했어." 암은 전신에 퍼져 있었다. 의사들은 호스피스를 권했지만, 거부했다고 했다.

"요한은 알아?".

"그래서 널 부른 거야. 네가 말해 줄 수 있을까 해서."

"내가 할게."

그녀는 짧게 대답했다.

페이는 욕실로 달려가 차가운 타일 바닥에 웅크린 채, 이마를 타일에 댄 채 소리 없이 울었다. 얼마나 있었는지, 현관문 여는 소리가 들리자 그제야 몸을 일으켰다.

두 사람은 말없이 뉴브로가탄을 걸었다. 숨 돌릴 틈이 필요했고 요한에게 말을 전해야 했다. 페이가 술집을 가리켰다. "우리 둘 다 술이 필요할 거 같아요."

페이는 보드카 여섯 잔짜리 두 잔을 주문해, 테이블로 가져가는 길에 벌써 한 모금 크게 들이켰다. 요한은 탁자 위를 손가락으로 두드렸다. 얼굴은 굳게 다물려 있었다.

"요한. 항암이 듣지 않고 종양이 퍼지고 있어요. 의사들이 치료를 중단했어요."그는 천천히 고개를 끄덕였다.

"알아요."

"알아요?"

"막내가 의사예요. 예테보리의 종양내과의. 크리스 가방에 진료 기록이 있길래, 사진을 찍어 보냈고 동생이 말해줬어요. 내가 이렇게 뒤를 캤다는 게 끔찍하게 들릴 거란 것도 알아요. 하지만… 모르고 있는 걸 견딜 수가 없었어요…그냥 가만히 있을 수가 없더라고요."

그가 페이를 바라보았다.

"그래도 난 크리스와 결혼하고 싶어요. 어제 교회 예약도 했어요. 2주 뒤로. 깜짝 선물로 하려고."

"만약 당신이 돈 때문에 결혼하려는 거라면" 페이가 몸을 기울이며 낮게 말했다. "당신을 죽여버릴 거예요." 요한은 움찔했다.

"알겠어요? 내 손으로 당신을 죽일 거예요."

"왜요?"요한은 충격에 사로잡혀 그녀를 바라봤다.

"크리스는 어마어마한 부자예요. 돈 냄새가 사람을 어떻게 바꾸는지 알아요. 당신은 좋은 사람처럼 보여요. 그러니 당신을 위해서라도 마지막 순간까지 사랑스러운 약혼자로 남으세요." 페이는 울음을 꿀꺽 삼키고 보드칼 한 모금 더 마셨다.

"내가 도와줄게요. 그리고 어느 쪽인지 난 알아요."

요한은 잔을 굴리다 마침내 입을 열었다.

"다른 동기는 없어요. 크리스를 내 아내라 부르고 싶을 뿐."두 사람은 서로를 바라보았다. "좋아요."

페이가 큰 모금을 들이켜고 손등으로 입술을 훔쳤다.

"그럼 세기의 결혼식을 준비하죠."

두 사람은 잔을 부딪쳤다. 그러나 순간 둘 다 움찔했다. 유리의 맑은 울림이 아주 잠깐, 장례 종소리처럼 들렸기 때문이다.

세바스티안의 장례식 날, 학교는 전교생에게 휴교를 선언했다. 그 며칠 동안 나는 처음으로 완전한 고요 속에 있었다. 많은 일이, 너무 짧은 시간 안에 일어나 버렸다. 충격은 두터운 담요처럼 운동장과 교실, 낙서로 얼룩진 금속 사물함들을 덮고 있었다.

친구 하나 없던 세바스티안이 죽어서야 교회를 가득 채웠다. 또래 여자애 몇 명은 코를 훌쩍거리고 손수건으로 콧물을 닦았다. 그 아이들이 한 번이라도 세바스티안과 말을 나눠 본 적이 있었을까.

엄마는 하얀 관을 골랐다. 그리고 노란 장미. 하지만 그건 아무 의미도 없었다. 어쩌면 그 모든 건 남은 사람들을 위한 장식일 뿐이었다. 세바스티안은 이미 차갑게 식어 관 속에 누워 있다.

세바스티안을 발견한 사람은 아버지였다. 아버지는 세바스티안의 어깨를 붙잡고 흔들며 고함을 질렀고, 엄마는 전화기를 붙잡은 채 구급차를 불렀다. 그러나 구급차는 너무 늦게 왔다. 아니, 빨리 왔어도 아무 소용없었다. 세바스티안의 입술은 이미 푸르고 피부는 창백했다.

교회 맨 앞줄에 앉아 있을 때, 등 뒤로 모든 사람의 시선이 꽂히는 게 느껴졌다. 아버지의 양복 소매가 내 팔에 닿을 때마다 그의 분노가 진동처럼 전해졌다. 그건 자신이 통제할 수 없는 존재—죽음—에 대한 분노였다. 그가 두렵게 만들 수도, 굴복시킬 수도 없는 대상. 죽음은 그를 비웃듯 아무렇지 않게 세바스티안을 데려갔다. 아버지는 노란 장미로 장식된 흰 관을 바라보며 몸을 떨었다.

장례식 뒤에 다과회 같은 건 없었다. 누구를 초대할 수 있었을까. 교회를 가득 메운 사람들 중 가족의 친구는 단 한 명도 없었다. 그들은 단지 타인의 슬픔을 들여다보려는, 죽음의 냄새를 좇는 망자의 독수리 떼 같았다.

엄마와 나는 이미 알고 있었다. 집에 돌아가면 아버지는 폭발할 것이다. 몇 주째 쌓여 온 분노가 이제 터질 때가 되었으니까. 엄마는 내게 "위층으로 올라가 있어"라고 말했다. 나는 순순히 계단을 올라가다가 맨 마지막 계단에서 멈췄다. 손잡이 기둥에 뺨을 기댄 채, 매끄러운 흰 나무의 감촉을 느끼며 아래를 내려다봤다.

부엌은 전쟁터 같았다. 아버지와 엄마는 서로를 등지고 원을 그리며 돌았다. 마치 우리 집 부엌이 철창이 된 것처럼. 아버지는 고개를 앞으로 내밀고 손을 폈다가 다시 주먹을 쥐었다. 엄마는 아버지의 움직임 하나하나를 살폈다. 마치 매를 맞을 준비가 된 사람처럼 보였다.

첫 번째 주먹이 날아들었을 때, 엄마는 피하지도 않았고 고개를 숙이지도 않았다. 아버지의 주먹이 턱에 꽂히며 엄마의 머리가 뒤로 젖혔다가 다시 앞으로 튕겼다. 또다시 내리쳤다. 엄마의 입에서 피가 분수처럼 뿜어져 나와 하얀 부엌을 더럽혔다. 피와 함께 무언가가 튀어나와 바닥에서 '톡'소리를 내며 굴렀다. 치아였다.

엄마는 쓰러졌지만, 아버지는 멈추지 않고 계속해서 주먹을 휘둘렀다. 다시, 또다시.

그때 알았다. 세바스티안이 죽은 지금, 엄마 역시 이 집에서는 오래 버티지 못하리라는 것을.

이틀 뒤, 콤파레의 주가는 사상 최저치를 기록했다. 그때 페이는 팝스타 비올라 가드와의 새로운 '리벤지'협업 미팅 중이었다. 비올라는 얼마 전 남편이 열여덟 살짜리와 바람피우는 현장을 목격했다.

케르스틴에게서 메시지가 도착했다.

"49.95크로나. 지금이예요!"

페이는 비올라와 매니저에게 양해를 구한 뒤 화장실로 향했다. 문을 잠그고 변기 뚜껑에 앉았다. 꿈꾸어 온 모든 것이 손에 닿을 곳까지 와 있었다. 지분 51%를 사들여 회사의 경영권을 장악하고 야크를 회사에서 몰아낼 수 있을 만큼. 아찔했다. 당장이라도 환호성을 지르고 싶을 정도였다.

페이는 영국의 주식 중개인 스티븐에게 전화를 걸어 콤파레 주식을 매수하라고 지시했다. 필요하다면 자금을 더 투입하겠다고 덧붙였다.

"문제없습니다. 보스. 해가 지기 전에 당신 것이 될 겁니다."

수화기 너머로 스티븐의 목소리가 들렸다.

몇 분 동안 그대로 앉아 있다가, 페이는 호흡을 가다듬고 스투레플란 거리를 천천히 걸었다. 점심시간의 소란은 가라앉았고 사람들은 사무실로 돌아가고 있었다. 벤치에 앉아 남은 하루를 어떻게 보낼까 생각했다. 실제 인수 절차가 진행되는 동안 할 일은 많지 않았다.

크리스에게 전화를 걸었지만 받지 않았다. 아마 잠들어 있을 것이다. 요한은 결혼식 준비를 혼자 맡겠다고 했고, 필요한 일이 있으면 부르겠다고 약속했다.

남자였다면, 이런 순간에 주저 없이 샴페인을 터뜨렸을 것이다. 그래서 축하하기로 했다. 페이는 로빈에게 메시지를 보냈다.

"근처에 있으면 스타벅스에서 보자."

로빈은 마침 인근에 있었고, 15분 뒤에 보자고 답했다.

스타벅스 안에 들어섰을 때, 로빈은 이미 커피 두 잔을 주문해 놓고 있었다.

"이렇게 보니 반갑네. 취향을 몰라서 그냥 블랙으로 시켰어."

"우린 커피 마시러 온 게 아니야."

로빈이 아이처럼 웃었다. 그 미소 하나만으로도 마음이 조금 가벼워졌다. 복잡한 말도, 의미 없는 대화도 필요 없었다. 그에게 중요한 건 운동, 음식, 물, 그리고 섹스뿐이었다.

"커피는 필요 없다는 거지?" 그의 미소에는 이미 모든 이해가 담겨 있었다.

"섹스가 하고 싶어."

“그래?” 그는 장난스럽게 말하며 자리에서 바로 일어섰다. 순종적인 강아지처럼.

“노비스 호텔에 방 잡아놨어.”

그가 눈썹을 치켜올렸다.

“오늘은 좀 호화롭게 나가네?”

“방금 몇백만 크로나짜리 회사를 샀거든. 오늘만큼은 모든 걸 누릴 자격이 있지.”

“난 네가 좋아, 알아?”

로빈은 문을 열어주며 미소 지었다.

“좋아. 그럼 오늘 내가 시킬 일도 좀 편해지겠네.”

“오늘은 네 노예야.”

그녀는 천천히 미소 지으며 말했다.

“아니. 넌 항상 내 노예였어.”

로빈은 아무 말도 하지 않았다. 그 말이 사실임을, 이미 오래전부터 알고 있었기 때문이다.

페이와 요한은 침대의 양쪽에 앉아 있었다. 크리스의 가슴은 천천히, 그러나 힘겹게 오르내렸다. 두 사람은 조용히 방을 나와 복도에서 의견을 나누었다.

“어떻게 해야 할지 모르겠어요. 결혼식은… 미뤄야 할 것 같아요.”

“그럴 수는 없어요.”

“뭐라고요?”

“안 돼면. 여기서 해요. 침실에서라도. 크리스는 반드시 결혼해야 해요.”

“하지만… 어떻게요?”

“메이크업이랑 드레스를 여기로 부르고 하객은 가까운 사람들만 오면 돼요. 크리스는 사람 많은 걸 싫어하잖아요.”

크리스는 페니에게 언니 같은 존재였다. 이제는 자신이 그녀를 떠받쳐야 했다. 그게 자매라는 것의 의미였다.

“내일 오후 두 시로 하죠?”

요한은 몇 번 삼키고 나서 말했다.

“그럼 제가 하객들과 신부님을 부를게요. 드레스는…”

“오늘 저녁에 가져올게요. 메이크업도 제가 부르고.”

“그럼 음식은요?”

“그건 제가 알아서 할게요. 당신은 크리스랑 당신 준비만 하세요.”

다음 날 아침, 페이는 셰르스틴과 함께 크리스의 현관 앞에 섰다. 깊게 숨을 들이쉬고 초인종을 눌렀다.

“준비 됐어요. 이 방식밖에 없다는 걸 다들 이해했어요.”

“당신은 어때요?”

“크리스가 떠나기 전에, 아내로 만들고 싶어요.”

“좋아요. 그럼 우리 그렇게 해요.”

요한은 그들을 침실로 안내했다. 크리스는 등 뒤로 베개를 받치고 앉아 있었다. 앞에는 커피, 오렌지주스, 토스트가 담긴 쟁반이 놓여 있었다.

"세상에서 제일 아름다운 신부님, 오늘 기분은 어때요?"

그녀가 웃으며 물었다.

"결혼식에 날씬하게 나가고 싶다고 생각하긴 했는데, 이건 좀."

페이는 웃으려 했지만 목이 메었다.

크리스가 요한과 셰르스틴을 바라봤다.

"우리 둘만 있게 해줄래요? 신부 들러리랑 잠깐 얘기 좀 하게."

문이 닫히자, 그녀는 조심스레 크리스의 손을 잡았다. 너무 작고 약한 손이었다. 마치 아이의 손만큼이나.

"너 없었으면 난 정말 어쩔 뻔했을까."

크리스의 목소리는 부드러웠다.

"그런 말 마. 결혼식 준비는 즐거운 일이잖아, 상황이 좀 다를 뿐이지."

"야크 때문에 속 썩일 땐 네가 엉덩이에 난 여드름 같았지만, 그 외엔 최고의 친구였어."

"지금 이런 얘기 꼭 해야 해? 넌 오늘 결혼하잖아."

"아직 정신이 또렷할 때 말해야 해."

페이는 고개를 끄덕였다.

"너보다 좋은 친구는 없었어."

크리스의 눈물이 뺨을 따라 흘렀다.

"넌 그거 알아? 레너드 코헨이 말한 '빛이 들어오는 그 틈', 바로 그거야. 난 정말 믿기지 않아… 네가 없으면 나는"

"그건 걱정 안 돼," 크리스가 미소 지었다.

"나는 단지… 끝까지 함께할 수 없다는 게 슬퍼."

잠시 침묵이 흘렀다.

"참, 나 로빈이랑 또 잤어. 기억나?"

크리스는 웃음을 터뜨렸다.

"거봐, 넌 나 없어도 훨씬 잘 살잖아."

그녀는 베개에 몸을 기댄 채 천천히 숨을 고르며 말했다.

"좀 쉬고 싶어?"

"아직 아니야. 오늘은 내 결혼식이잖아. 침대 옆 서랍 맨 아래에 잭 다니엘스 한 병 있어. 마지막으로 건배하자."

"우리를 위해," 크리스가 병을 들어 올리며 말했다. "그리고 이런 방식으로 끝난다 해도, 난 한 번도 삶을 원망해 본 적이 없어. 이런 인생을 살 수 있었다는 게 감사하니까."

그녀는 몇 모금 마셨다.

"널 위해서, 크리스."그녀가 잔을 들어 올렸다.

"세상에서 가장 아름답고 멋진 언니."

크리스의 눈에 눈물이 맺혔다.

"이제 준비해야겠지만, 그 전에…"

"우리가 51퍼센트 가졌어."

"그럼 끝난 거네?"

그녀는 고개를 끄덕였다.

"맞아."

크리스는 그녀의 팔을 잡았다. 놀랍게도 손아귀에 힘이 있었다.

"부탁 하나 해도 될까? 요한에게 나를 인도해 줄래?"

페이는 크리스를 안았다. 가능한 한 세게, 그러나 뼈가 부러지지 않게 조심하며.

"물론이지."

페이는 창가에 서서 거리를 바라보았다. 저녁 불빛이 켜지고 도시의 밤이 깨어나는 것이 보였다. 다시 화면으로 시선을 돌렸다. 이제 곧 야크에게 해고 통보가 전달될 것이다. 물론 회사를 구하고 싶어서 그러는 것은 아니었다. 오히려 콤파레가 무너져버리길 바라는 마음이 여전히 있었다. 그러나 직원들을 생각하지 않을 수는 없었다.

페이는 회사를 인수할 수 있는 사업가를 찾아두었고 합리적인 금액으로 모든 주식을 넘기기로 했다. 단, 회사의 이름은 반드시 바꾸는 조건이었다. 그렇게 하면 '콤파레'라는 이름은 세상에서 사라질 것이다.

야크는 회사를 구할 수 있다고 믿고 있었다. 그는 아직도 자신이 콤파레 그 자체라고 착각하고 있었다. 어떤 일이 닥쳐올지, 그는 전혀 모른다.

밤이 깊어졌다. 집으로 돌아오는 길에 페이는 셰르스틴에게 메시지를 보냈다. "오늘도 와서 와인 한 잔 할래요?"

두 사람은 거의 매일 저녁을 그렇게 마무리했다. 서로 '우리도 슬슬 알코올 의존증이 오는 거 아닐까요' 하고 농담을 주고받으면서도, 둘 다 "지중해식 식단엔 적당한 레드와인 한 잔이 포함된다"는 핑계를 대곤 했다.

셰르스틴의 외할머니가 통증이 심한 발가락 때문에 매일 위스키 한 스푼을 마셨다는 이야기도 떠올랐다. 그래서 두 사람은 종종 웃으며 "우리도 건강을 위해 다리에 와인 한 잔씩은 필요해요" 하고 말하곤 했다.

셰르스틴은 소파 위에 앉아 멍하니 허공을 바라보고 있었다.

"무슨 일이예요?"

페이는 쟁반을 내려놓고 셰르스틴 옆에 앉아 팔을 감싸 안았다. 셰르스틴의 여린 몸이 심하게 떨리고 있었다.

"그가… 그가…"

셰르스틴은 말을 잇지 못했고 이가 덜덜 부딪혔다.

페이는 그녀의 등을 쓰다듬었다. 불안이 가슴속을 길게 찢고 지나갔다. 혹시 셰르스틴도 병이라도 생긴 걸까?

그럴 순 없다. 또 한 명을 잃을 수 없었다.

크리스의 병세가 악화될 때마다 이렇게 두려운데 이제 셰르스틴마저 잃는다면, 견딜 수 없었다.

"라… 랑나르가…"

셰르스틴이 더듬었다.

"랑나르?"

"요양원에서 전화가 왔어요. 건강이 좋아져서, 집으로 돌아올 수 있을 거라고…."

셰르스틴은 갑자기 날카롭고 거친 웃음을 터뜨렸다.

"좋아진다고요? 걔네들이 뭘 알아요? 그 흐느적거리는 인간, 악마 같은 인간, 그놈이 다시 오면 내 인생은 다시 지옥이 될 거예요. 그때 그 숨통을 끊었어야 했어요… 침대에 누워 있을 때 베개를 얼굴 위에 눌러서, 그냥 끝내버렸어야 했는데…”

셰르스틴은 페이와 율리엔의 가족이었다. 그 누구도 손댈 수 없었다. 셰르스틴이 울고 있을 때, 그녀를 꼭 끌어안았다. 셰르스틴의 눈물이 페이의 캐시미어 후디에 스며들었다. 페이의 어둠에는 눈물이 없었다. 그곳엔 오직 분노와 결심만이 있었다.

태양이 찬란하게 빛나고 하늘은 맑고 푸르렀다. 사람들은 웃으며 이야기하고 커피를 마시고 있었다. 버스와 지하철은 평소처럼 운행되었다.

페이가 병원 앞에 내렸을 때, 마지막 방문으로부터 몇 시간밖에 지나지 않았다. 어제 만났을 때 크리스는 거의 말을 할 힘조차 없었다. 목소리는 약했고 눈은 깊게 꺼져 있었다. 끼고 있던 결혼반지는 너무 헐거워 두 번이나 바닥으로 떨어졌다.

페이는 집으로 돌아오는 차 안에서 울었다. 그리고 몇 시간 뒤 요한이 전화를 걸어 “지금 바로 와야 할 것 같다.”고 말했을 때, 페이는 아무 생각 없이 집을 뛰쳐나왔다.

병원 입구에 선 페이는 잠시 걸음을 멈췄다. 어떻게 가장 친한 친구에게 작별을 고할 수 있을까? 담배 한 갑과 초콜릿바를 사서 벤치에 앉았다.

두 개비의 담배를 피우고 나서, 그녀는 담뱃갑을 버리고 초콜릿을 가방에 넣은 채 엘리베이터로 향했다.

엘리베이터 문이 닫히자 그녀는 속삭였다. “크리스가 죽을 거야.”

복도는 텅 비어 있었고 페이의 구두 소리만 메아리쳤다. 8번 병실 문 앞에 멈춰, 노크한 뒤 문을 열었다. 요한이 고개를 들었지만 아무 말도 하지 않았다. 그는 다시 크리스의 머리카락을 쓰다듬었다.

"이제 얼마 남지 않았어."요한의 목소리는 떨렸다.

"혼수상태. 다시는 깨어나지 않을 거예요. 어떻게 살아야 할까요?"

요한의 얼굴이 일그러졌다. 페이는 조용히 의자를 끌어다 그의 옆에 앉았다.

페이는 아무 말도 할 수 없었다. 대신 요한과 크리스의 맞잡은 손 위에 자기 손을 얹었다.

"그래도 이제는 아프지 않잖아요." 요한의 목소리가 갈라졌다.

"죽은 다음에 어떻게 되는 거죠? 시신을 지하로 옮기고 혼자 거기 있게 놔둔다니… 그건 싫어요."

요한은 말을 멈췄다.

페이는 등을 기대며 속삭였다.

"나, 잠깐만 혼자 있게 해줄래요?"

요한은 움찔하더니 천천히 고개를 끄덕였다.

페이는 조심스레 자리를 옮겨 요한이 앉았던 의자에 앉았다. 아직 체온이 남아 있었다. 페이는 몸을 앞으로 숙여 크리스의 귀에 입술을 댔다.

"크리스. 우리가 꿈꿨던 일들… 지중해로 이사 가서 식당을 열고 앞마당에서 바둑을 두며, 머리를 파랗게 염색하고… 그런 건 이제 절대 이뤄지지 않겠지. 하지만 약속할게. 나, 노력할 거야."

"절대 잊지 않아. 네 친구로 열여섯 해를 보낼 수 있었다는 게 내 인생에서 가장 소중한 일이었어. 미안해. 내 진짜 이야기를, 내가 어떤 사람인지, 말하지 못해서. 이제 말할게, 혹시 네가 듣고 있다면…"

페이는 속삭이며 비밀을 모두 털어놓았다. 사고 이야기, 세바스티안, 부모님, 마틸다와 어둠까지 아무것도 숨기지 않았다. 이야기를 마친 뒤, 그녀는 크리스의 머리카락을 쓰다듬고 뺨에 입을 맞췄다. 그것이 마지막 인사였다.

페이는 요한을 불러왔다. 둘은 아무 말 없이 함께 앉아 있었다. 시간이 흘렀고 삶이 천천히 크리스를 떠나갔다. 일곱 시간 뒤, 그녀는 마지막 숨을 내쉬었다.

요한은 아내의 식어가는 손에 이마를 갖다대고 있었다. 페이는 방 안을 가득 채운 꽃다발 중 하나를 들고 나왔다. 크리스에 대한 슬픔은 결심으로 바뀌어 있었다. 그녀는 차에 올라 휴대폰으로 주소를 검색하고 목적지를 향해 달렸다. 이제 눈물은 말랐다. 더 이상 울 수 없었다.

큰 참나무 그늘 아래에 차를 세우고 페이는 천천히 입구로 걸어갔다. 문은 잠겨 있지 않았다. 안을 살폈다. 복도는 비어 있었고 멀리서 희미한 웃음소리와 접시 부딪히는 소리가 들려왔다. 직원들의 휴식 시간인 듯했다.

페이는 오른쪽의 문을 조용히 세었다. 세 번째 문. 셰르스틴이 알려준 대로였다. 조용히 문을 열고 들어갔다. 두려움은 없었다. 오직 공허함만이 있었다. 그녀는 크리스를 잃은 상실을, 마치 팔

하나를 잘라낸 듯 생생하게 느꼈다. 혹시 누가 볼까 싶어, 얼굴을 꽃다발로 가렸다. 방 안으로 들어서자 꽃다발을 문 옆 서랍 위에 내려놓았다. 노란 장미였다. 얼마나 어울리는지. 노란 장미는 죽음을 뜻했다. 꽃을 보낸 사람은 그 의미를 몰랐겠지만.

침대 쪽에서 느릿한 숨소리가 들렸다. 페이는 다가갔다. 블라인드는 내려져 있었지만, 희미한 빛이 새어 들어왔다. 랑나르는 약하고 불쌍해 보였다. 그러나 그 남자는 괴물이었다. 페이는 천천히 침대 끝에 놓인 베개를 집어 들었다. 이제 들리는 것은 랑나르의 거친 숨과 오래된 시계의 미세한 똑딱임뿐이었다. 페이는 천천히 베개를 들었다. 망설임도, 두려움도 없었다. 그는 이미 인간으로서의 시간을 끝냈다. 그저 썩은 살덩이, 또 하나의 악한 남자일 뿐, 여자들에게 상처와 눈물만 남긴.

페이는 몸을 기울여 온몸의 힘을 실었다. 베개로 그의 입과 코를 완전히 덮었다. 랑나르는 잠시 몸을 뒤틀었지만 힘이 없었다. 손과 발끝이 몇 번 떨릴 뿐이었다. 거의 힘을 쓸 필요도 없었다. 잠시 후, 모든 움직임이 멎었다. 그녀는 여전히 베개를 누르고 있었다. 죽었다는 걸 확인할 때까지. 그리고 천천히 베개를 내려놓고 서랍 위의 노란 장미를 다시 들었다.

페이는 조용히 병실을 나왔다. 도심으로 돌아가는 차 안에서야 비로소 눈물이 흘렀다. 그것은 크리스를 위한 눈물이었다. 그의 눈빛에는 연민이 담겨 있었지만, 그는 나를 진짜 '나'로서 보고 있지 않았다. 그가 보고 있는 것은 형을 잃고 이제는 어쩌면 어머니까지 잃었을지도 모르는, 왜소한 십대 소녀였다.

◇

　새벽 다섯 시에 경찰에 전화를 걸었고 한 시간쯤 뒤에는 아버지를 데려갔다. 피로가 밀려와 고개를 식탁에 기대고 눈을 감고 싶었다.

　“언제 조용해졌나요?”

　나는 억지로 깨어 있으려 애쓰며 질문을 들었다. 대답을 해야 했다.

　“모르겠어요. 세 시쯤? 확실하진 않아요.”

　“왜 일어났을까요? 그렇게 이른 새벽에?”

　나는 어깨를 으쓱했다.

　“뭔가 잘못됐다는 걸 알았어요. 엄마가 이렇게 일찍 집을 나갈 리가 없으니까요.”

　경찰은 심각한 표정으로 고개를 끄덕였다. 또다시 그 ‘위로하고 싶다.’는 눈빛. 나는 그가 그 충동을 계속 억누르기를 바랐다.

　나는 위로가 필요하지 않았다. 이미 경찰이 아버지를 데려갔으니까.

　“당신 어머니께 무슨 일이 생긴 것 같아요. 당신의 아버지는 예전에도 폭력적이었죠?”

　나는 웃음을 터뜨리지 않으려 애써야 했다. 그 말이 너무 터무니없었기 때문이다. ‘폭력적.’얼마나 건조한 표현인가. 오랫동안 이어졌던 공포를 그렇게 단 몇 단어로 요약하다니. 그래, 그렇게도 말할 수 있겠지. 하지만 나는 고개를 조용히 끄덕였다.

"어쩌면 당신의 어머니를 찾을 수도 있을 겁니다."

경찰이 말했다. "다치지 않은 상태로."

◇

몇 주가 흘렀다. 신문은 야크가 해고되었다는 소식을 실었다. 새 주인이 회사를 바로 세우겠다며 재조사를 약속하자, 콤파레의 주가는 다시 안정세로 돌아섰다. 야크는 점점 더 무너져 내렸다. 마치 방향을 잃은 사람처럼 보였다.

경제지 인터뷰에서 그는 곧 복귀할 것이라고 호언장담했다. 그러나 밤이면 술에 취해 페이에게 전화를 걸어 헛소리를 늘어놓았다. 과거의 일들, 배신한 사람들, 크리스, 그리고 자신이 잃어버린 모든 것들에 대해.

페이는 '약함'을 경멸했다. 바로 야크가 그렇게 가르쳐준 것이었다. 이렇게 무너지는 모습은 오히려 그를 짓밟기 더 쉽게 만들어주었다.

그는 헨리크와 절교했다. 헨리크가 콤파레 이사회에 남은 것을 배신으로 여겼기 때문이다. 그러나 야크도, 헨리크도, 그 누구도 몰랐다. 현재 콤파레의 대주주는 바로 페이라는 사실을. 페이는 영국 변호사를 통해서만 움직였기 때문이다.

이제 마지막 단계였다. 이번엔 윌바의 차례였다.

크리스를 잃은 뒤 눈물은 말라버렸다. 신기할 만큼 삶은 빠르게 '정상'으로 돌아갔다. 매일, 매시간 크리스를 그리워했지만, 이제

그 사실을 받아들였다. 크리스는 돌아오지 않는다는 것을. 아무것
도 페이를 되돌릴 수 없다는 것을.

그날 오후, 페이와 아이가 장을 보고 돌아올 때쯤 야크가 건물
입구 앞에 서 있었다. 페이가 문자를 보내 저녁 초대를 했을 때 그
는 바로 "좋아"라고 답했다.

"안녕, 내 천사들."

그가 서툴게 아이를 끌어안으며 말했다.

"멀리서 보니까 정말 두 천사가 걸어오는 줄 알았잖아."

"아첨도 여전하네요."

그는 페이의 볼에 입을 맞췄다. 가까이 다가오자 술 냄새가 코
를 찔렀다.

"그건 뭐야?"

그가 장바구니를 가리켰다.

"오늘은 내가 볼로네제를 만들까 해서요."

"좋지!"

그는 흥겹게 외치며 가방을 들어 올렸다. 아이의 가방까지 어깨
에 메고 현관문을 잡아 주었다.

"요즘 어때요?"

페이가 집 문을 열며 물었다.

그는 비틀거리며 말했다.

"괜찮아."

"윌바는? 곧 출산이죠?"

그의 얼굴이 굳어졌다. 그는 그 주제를 싫어했다.

“글쎄… 잘 지내겠지. 부모님 댁에 가서 난 지금 혼자야. 네 문자가 절묘한 타이밍이었어.”

“아기가 기대되지 않아요?”

“물론 아기는 사랑하겠지. 하지만… 내 진짜 가족이 누군진 나도 알아.”

그 말에 페이는 주먹을 쥐었지만, 대신 깊게 숨을 들이쉬고 요염하게 미소 지었다.

“콤파레가 없어졌으니, 이제 뭘 할 건데요?”

페이가 다진 고기를 팬에 볶으며 물었다.

그는 냉장고를 열어 당근 하나를 꺼내 씻고는 그대로 입에 물었다.

“괜찮아, 다들 내 능력을 알아. 그건 그렇고 너희 리벤지 캠페인 말인데…”

“네?”

“그 팝가수 말이야. 브랜드 이미지랑은 좀 안 어울려. 내가 너희 데이터 좀 봤는데…”

페이의 머릿속이 번쩍였다. 누가 감히?

하지만 그는 눈치채지 못한 채 계속 떠들어댔다.

“그럴지도 모르죠.”.

호흡을 고르자. 표정 관리해. 계획을 잊지 마.

그들은 지금 나란히 앉아 식사하고 있었다. 페이가 결혼 생활 내내 꿈꾸던 바로 그 장면처럼.

수년 동안 바라던 순간이었다.

"볼로네제는 여전히 잘한다니까."

그가 두 번째 접시를 채우며 말했다.

"이 소스 맛이 그리웠다니까."

아이는 밤 열 시가 되자 꾸벅꾸벅 졸기 시작했다. 그는 아이를
들어 침대로 데려갔다. 페이는 그가 돌아올 때까지 와인을 따라
마셨다.

"그럼, 이제 갈까?"

그가 어색하게 물었다.

"조금 더 있어요."

"정말?"

"상관없어요. 가도 좋고 남아도 좋아요."

페이의 무심한 말투에 그는 강아지처럼 들뜬 표정을 지었다.

"그럼 있을게"

그녀는 잔을 밀며 말했다. "아니면, 위스키 마실래요?"

"오, 그게 낫겠네."

그는 부엌으로 갔다.

"냉장고 위쪽 찬장에 있어요."

잠시 후, 유리병 부딪히는 소리가 났다.

"이거 진짜 좋은 술인데? 어디서 구했어?"

"외국 투자자들이 선물했어요."

사실은 로빈이 페이네 집에서 자고 간 날 두고 간 병이었다. 그
날 밤 그들은 다섯 번이나 사랑을 나눴다. 그 생각만으로도 몸이
뜨거워졌다.

"우리, 이렇게 지낼 수도 있잖아."

그의 목소리가 부드럽게 떨렸다.

"아니, 두 주도 못 가서 질릴듯요. 가서 샤워나 해요. 술 냄새."

"샤워?"

"나랑 자려면 냄새 좀 없애요."

그의 귀끝이 붉게 달아오르면서 황급히 욕실로 향했다. 페이는 노트북을 선반 위에 올렸다. 웹캠을 켰다.

그가 웃으며 들어왔을 때, 페이는 아무 감정도 느끼지 않았다. 행위가 끝나고 야크는 그녀 옆에 누워 만족스러운 미소를 지었다.

"내가 여기로 들어온다면 어때?"

"그건 안 돼요."

"날 용서했잖아?"

"다시 살고 싶다는 뜻은 아니에요."

"리벤지에 투자할게. 사업이 커졌잖아. 네가 감당하기엔 버거울 수도 있어. 나는 경험이 많잖아. 네가 훌륭히 이끌었지만, 이제는 전문가가 맡을 때야."

이 남자, 아직도 자신이 통제할 수 있다고 믿는구나.

페이는 분노를 삼켰다. 목표를 생각하라. 끝까지.

"투자자는 필요 없어요, 야크."

"난 그저 너랑 아이를 지켜주고 싶을 뿐이야."

야크. 네 뒤를 봐. 잠잘 때 한쪽 눈은 뜨고 자. 이미 난 널 부숴놨으니까. 이제 윌바만 남았지.

"이제 가요, 야크."

“화났어?”

그의 애처로운 눈빛. 하지만 이제 아무 감정도 들지 않았다.

“내일 아침 일찍 미팅이 있거든요. 아이가 당신을 보면 혼란스러워하잖아요.”

“우리가 다시 가족이 되면, 아이한테도 좋을 거야.”

“우린 가족이었어요. 이제 임신한 여자친구한테 가요.”

문이 닫히자, 노트북을 켜고 영상을 확인했다. 페이는 그가 자신의 다리 사이에 얼굴을 묻고 있는 장면을 선택했다. 완벽하게 제모된 몸, 아름답게 빛나는 가슴 이 모든 것이 계산된 장면이었다.

그녀는 몇 장의 흐릿한 스틸 사진을 캡처해 익명의 지메일 계정을 만들었다. 그 메시지에는 단 한 줄만 적었다.

“당신의 남편은 여자를 만족시키는 법을 아주 잘 알아요.”

페이가 사무실에 앉아 있을 때, 야크가 문을 쾅 하고 열고 들이닥쳤다. 얼굴은 새빨갛게 달아올라 있었고 땀이 줄줄 흘렀다. 그는 온 사무실이 떠나가라 소리쳤고 직원들이 칸막이 너머로 고개를 내밀었다. 페이는 속으로 미소 지었다.

“도대체 네가 무슨 짓을 한 거야?”

그의 입에서 튀어나온 침방울이 공기 중에 흩어졌다. 그러나 페이는 두렵지 않았다. 그녀가 야크를, 아니 어떤 남자라도 두려워하던 시절은 오래전에 끝났으니까.

“왜 그런 짓을 한 거냐고!”

“무슨 말을 하는 건지 모르겠는데요?”

페이는 담담하게 말했다. 물론 야크가 믿지 않을 거라는 걸 알고 있었다. 그러나 그건 계산된 연기였다. 이제는 게임의 한 수였다. 그리고 의자에 앉은 채 그를 관찰했다. 페이의 책상은 디자이너 아르네 야콥센의 작품으로, 무려 십만 크로나를 호가했다. 잉마르 베리만이 쓰던 좀먹은 낡은 책상 따위는 비교도 되지 않았다. 아니, 잉마르 베리만이라는 인간 자체가 던져버릴만 했다. 평생을 여성들을 지배하고 짓밟으며 살아온 '남성 천재'의 전형, 진부한 남자였다.

야크는 책상 위로 몸을 기울였다. 페이는 물러서지 않았다. 오히려 얼굴을 그에게 더 가까이 가져갔다. 붉게 달아오른 그의 술기운 어린 얼굴, 부어오른 피부, 오래된 와인과 위스키 냄새가 섞인 숨결, 도대체 자신이 이 남자에게서 무엇을 봤던가? 페이는 잠시 회상했다. 그가 볼프 룬델의 책을 읽고 있던 그날을. 그때 이미 눈치챘어야 했다.

"내가 널 박살낼 거야. 다 빼앗아 버릴 거라고. 사람들이 네가 누구고 어디서 왔는지 알게 될 거냐! 이 미친 년! 그리고 아이도 데려갈 거야. 무슨 수를 써서라도!"

경비 두 명이 다가오고 있었다.

"뭐 하는 거야, 야크? 그만해! 누가 좀 도와줘요! 제발!"

경비원들이 들이닥치자, 그는 억지 미소를 지으며 말했다.

"오해가 좀 있었던 모양이네요. 아무 일도 아닙니다. 그냥 의견 차이였어요. 제가 나갈게요. 스스로 나갑니다."

그는 천천히 문 쪽으로 물러났다. 페이의 직원 몇 명이 보호하듯 야크를 노려보았다. 상황은 의도한 대로 흘러갔다. 그날 저녁, 페이는 완전히 지쳐 집으로 돌아왔다. 집은 텅 비어 있었다. 셰르스틴이 아이를 데리고 나가 박물관에 가 있었던 것이다.

최근 셰르스틴은 율리엔에 대한 걱정을 털어놓곤 했다. 아이가 점점 말수가 줄고 혼자 있는 시간이 늘어났다는 것이다. 페이는 셰르스틴처럼 걱정하지 않았다. 오히려 아이가 자신과 닮았다고 생각했다. 자신도 어릴 적 혼자 있기를 좋아하는 아이였다.

셰르스틴의 아버지에게서 온 편지들은 최근 더 자주 도착했다. 하지만 봉투를 뜯지 않았다. 그 사건은 유명한 살인 사건이었다. 시신이 발견되지 않았는데도, 법원은 아버지에게 종신형을 선고했다. 이유는 명확했다. 수많은 의료 기록 속의 상처, 피, 그리고 어머니의 모든 소지품이 집 안에 그대로 남아 있었다. 배심원단은 만장일치였다. 유죄, 무기징역.

페이는 와인 한 잔을 따르고 노트북 앞에 앉았다. 받은편지함에는 윌바의 이메일이 스무 통이나 와 있었다. 읽지 않고 삭제했다.

페이는 며칠을 기다렸다가 야크에게 전화를 걸어 울면서 용서를 구했다. 실제로는 그를 부숴버리고 싶었지만 대신 눈물을 택했다. 야크는 페이의 '약함'에 다시 빠져들었다. 그는 복종을 필요로 했고 페이는 그가 원하는 바로 그것을 주었다. 천천히, 그러나 확실하게 신뢰를 다시 얻었다. 그는 단순해서 속이기 쉬웠다.

페이는 야크를 유혹했는데 사실 어려운 부분이었다. 몸을 맡기며 쾌락을 가장해야 했으니까. 온몸이 혐오로 떨리고 그가 저지른

짓들의 잔상이 머릿속을 가득 채운 상태에서.

그의 침대 머리맡에 놓인 휴대폰 화면에는 윌바의 이름이 일정한 간격으로 반짝였다. 이제는 윌바가 애원하는 쪽이었다. 곧 딸을 낳을 여자가 매달리고 있었다. 페이는 다시 델피졸 처방을 받아왔다. 그가 깊은 잠에 빠지면, 조용히 그의 노트북을 열었다. 이건 대가가 클 거라는 걸 알고 있었다. 하지만 저지른 죄를 생각하면, 그어떤 복수도 잔인하다고 할 수 없었다.

어둠이 창밖으로 내려앉을 때, 한동안 옛날을 떠올렸다. 다락방의 유리창 밖으로 내리던 눈송이들, 자유와 감금이 동시에 느껴졌던 그 묘한 공기의 냄새. 페이는 그 감정을 가끔 그리워했다. 하지만 그 '황금 새장' 자체는 전혀 그립지 않았다.

가끔은 아직도 그곳에 있는 알리세를 떠올렸다. 자발적으로, 그 안에 머무는 여자. 그러나 페이는 알고 있었다. 알리세의 남편 헨리크조차 모르는 비밀이 있다는 걸. 알리세는 리벤지의 초기 투자자 중 한 명이었고 지금은 남편 못지않게 부유했다. 새벽이 밝아올 무렵, 야크를 바라보았다. 수면제와 위스키에 취해 무겁게 눈을 뜨는 그의 얼굴을 조용히 지켜봤다.

"나 다음 주에 출장 가야 해요. 아이 좀 봐줄 수 있겠어요?"

"물론이지."그는 미소 지었다. 페이의 시선을 '사랑'으로 착각하며. 그러나 그녀의 눈빛은 작별의 눈빛이었다.

피엘바카— 그때

전화기를 내려놓았다. 판결이 내려졌고 나는 자유로워졌다. 생전 처음으로. 그런 감정을 한 번도 맛본 적이 없었다. 그것이 어떤 느낌인지도 몰랐다. 그런데 지금은 내 몸이 바닥 위를 떠다니는 듯했다. 한 번도 이렇게 강하다고 느껴본 적이 없었다.

나는 법정에 참석하지 못했다. 아직 너무 어리다고 판단되었기 때문이다. 하지만 머릿속으로 아버지의 모습을 똑똑히 떠올릴 수 있었다. 세바스티안의 장례식 때 입었던 바로 그 양복 차림으로, 땀에 젖은 목덜미를 훔치며 셔츠 깃을 잡아당기던 아버지. 그의 구속이 곧 나의 자유였다.

나는 아버지가 무죄 판결을 받을지도 모른다는 불안을 느꼈다. 그들이 그 안의 짐승을 보지 못하고 불쌍하고 초라한 한 남자로만 봐버릴지도 모른다고. 하지만 증거는 압도적이었다. 어머니의 시신이 발견되지 않았음에도 유죄 판결을 받았다.

모두가 재판을 지켜봤다. 사람들은 수군거리고, 광장에서도 "불쌍한 그 소녀"이야기를 했다. 그들을 너무 잘 알고 있었다.

나는 아버지가 체포된 후에도 그 집에 남고 싶었다. 그러나 누군가가 그렇게 해서는 안 된다고 결정했다. 그들의 눈에 나는 여전히 아이였다. 친척도, 친구도 없는 나는 근처에 사는 노부부의 집으로 옮겨야 했다. 다만 저녁 식사 시간에 돌아와 그들의 집에서 자는 조건으로, 낮에는 마음껏 내 집에 머물 수 있었다.

지난 몇 달은 끝없는 기다림의 연속이었다. 학교에서 이제 아무도 나를 건드리지 않았다. 내가 복도를 걸어가면 사람들은 마치 홍해를 가르는 모세라도 본것처럼 양쪽으로 갈라섰다. 그들은 나에게 매혹되었지만, 동시에 나를 피했다. 사람들은 슬픔과 비극 가까이에 있고 싶어 하지만, 그것도 일정한 한계까지만이었다. 나는 이미 그 한계를 훨씬 넘어서 있었다.

이제는 마침내 자유로워졌다. 그리고 그는 지옥에서 썩게 될 것이다.

◇

비가 억수같이 쏟아지고 있었다. 눈이 따갑고 머리가 터질 듯 아팠다. 페이는 아이에게 전화를 걸었고 그다음에는 야크에게 걸었다. 아무도 받지 않았다. 그때 호텔 접수원이 다가와 택시가 도착했다고 알렸다. 페이는 고맙다고 말하고 가방을 들며 경찰서 전화번호를 눌렀다. 그리고 뒷좌석에 몸을 기대는 순간, 연결음이 들렸다.

"긴급 상황실입니다."

"실종 신고를 하려 합니다."

"알겠습니다." 반대편의 여성이 차분히 말했다. "누가 실종됐나요?"

"제 일곱 살짜리 딸이에요." 그녀의 목소리가 떨렸다.

"마지막으로 연락이 된 건 언제입니까?"

"어젯밤예요. 저는 지금 일 때문에 베스테로스에 있어요. 전 남편이 아이를 돌보고 있었는데, 전화해도 받질 않아요."

"혹시 두 사람이 여행을 갔거나, 연락이 닿지 않는 이유가 있을까요?"

"아뇨, 그럴 리 없어요. 오늘은 스칸센 동물원에 갈지도 모른다고 했어요."

"성함이 어떻게 되시죠?"

"페이 아델헤임이에요."

그녀는 주소를 불러주었다.

"보통은 몇 시간을 더 기다렸다가 실종 접수를 받습니다."

"너무 불안해서 미칠 것 같아요."

상대의 목소리가 조금 부드러워졌다.

"순찰차 한 대를 보내서 문을 두드리게 하겠습니다."

"제 휴대폰 번호를 전해 주시고 도착하면 바로 연락해달라고 해주세요."

한 시간 반 뒤, 택시는 칼라베겐으로 들어섰다. 문 앞에는 경찰차 두 대가 서 있었고 경찰관이 밖에서 기다리고 있었다. 페이는 계산을 마치자마자 문을 박차고 나와 달려갔다.

"제가 페이예요."

경찰은 심각한 표정으로 페이를 바라봤다.

"야크를 찾았다고 하셨잖아요. 그런데 왜 아직 여기 있죠? 제 딸은요?"

"안으로 들어가서 이야기하시죠." 경찰이 눈길을 피하며 말했다.

"야크랑 얘기했으면 아이가 어디 있는지도 알 텐데요?"

“말씀드렸잖아요. 직접 올라가 보시는 게 좋겠습니다.”

페이는 경찰 뒤를 따랐다.

“무슨 일이에요?”

경찰이 엘리베이터 철제문을 닫으며 대답했다.

“전남편은 위층에 있습니다만 따님은 없어졌어요.”

“일곱 살짜리 딸이랑 같이 있었을 텐데, 그가 뭐라고 했어요?”

“아무것도 기억이 나지 않는다고 합니다.”

“기억이 나지 않는다니요?”

엘리베이터 문이 열리자, 현관문이 활짝 열려 있었다.

“우리가 무언가를 발견했는데… 복도에 피가 있습니다.”

“피라고요? 세상에, 그럴 리가…”

페이의 다리가 풀리자 경찰이 부축했다. 그리고 조심스레 현관 안으로 안내했다. 흰 방호복을 입은 기술자가 복도에 쪼그려 앉아 핏자국 위를 탐지 장비로 훑고 있었다.

“율리엔!”그녀가 날카롭게 외쳤다. “율리엔!”

부엌에서 두 명의 경찰이 야크와 대화 중이었다. 그가 그녀를 보자 몸을 일으키려 했지만, 경찰들이 막았다. 그는 다시 주저앉았다.

“무슨 일이야? 야크, 아이는 어디 있냐고!”

“모르겠어.” 그가 혼란스러운 얼굴로 중얼거렸다.

“초인종 소리에 잠이 깼을 뿐이야.”

“따님의 물건이 필요합니다.”

“무슨 말이에요? 왜요?”

복도에서는 발자국 소리와 무전기의 목소리가 들렸다. 더 많은 경찰들이 도착하고 있었다.

"신원 확인을 위해서입니다. 혹시 몰라서요."

페이는 숨을 삼키며 고개를 끄덕였다.

"뭐가 필요하죠?"

"칫솔이나 머리빗 같은 게 좋습니다."

그녀는 고개를 끄덕이고 욕실 쪽을 가리켰다. 경찰은 비닐백을 꺼내고 얇은 장갑을 낀 뒤 먼저 들어갔다.

"이거군요."

경찰은 분홍색 칫솔을 조심스럽게 비닐백에 넣었다. 페이는 아이의 방으로 안내했고 경찰은 그곳에서 딸의 머리빗을 챙겼다.

"이 정도면 충분할 겁니다."

경찰은 페이를 바라보며 무겁게 말했다.

창밖은 이미 어둑해지기 시작했다. 페이는 경찰이 기다리라고 한 작은 방에서 몸을 일으켰다.

"혹시 아는 게 있나요?"

경찰은 고개를 저었다.

"앉으세요." 그녀는 소파를 가리키며 고개를 끄덕였다.

"제 이름은 이본 잉바르손, 경찰 조사관입니다."

페이는 다리를 꼬고 소파에 앉았다.

"몇 가지 질문을 드리겠습니다. 최대한 솔직하게, 자세히 말씀해 주세요."

"물론이죠."

페이는 눈을 감고 가슴을 삼켰다.

"그… 혹시 무슨 일이 생긴 걸까요?"

"아직 모릅니다. 기술자들이 아이의 칫솔과 헤어브러시에서 채취한 DNA와 비교하고 있습니다."

"세상에… 아니, 그럴 리가…"

"야크는 어제 무슨 일을 했는지 기억나지 않는다고만 합니다."

"그는 아이를 해치지 않았을 거예요. 그럴 이유가 없어요."

"그렇다면, 누가?"

페이는 잠시 말을 잃었다. 경찰은 몸을 앞으로 숙여 페이의 무릎 위에 손을 올렸다.

"휴대폰과 차 GPS 기록에 따르면, 그는 밤새 차를 몰았습니다."

"무슨 뜻이에요?"

"우리는 차 트렁크에서 피 흔적을 발견했어요. 현관에서 발견된 피와 비교할 예정입니다."

"그만… 제발 알고 싶지 않아요."

페이는 고개를 저었다.

"지금은 강해져야 합니다, 어렵다는 걸 압니다. 하지만 당신의 도움이 필요합니다."

페이는 천천히 고개를 끄덕였다. 그리고 경찰의 시선을 마주했다. "예테보리에서 야크가 머문 장소를 조사하고 있습니다. 우리는 두 분의 컴퓨터 기록도 확인했어요. 이게 무엇인지 설명할 수 있나요?"

이본은 무릎 위의 파일을 잠시 넘기고 한 장의 종이를 꺼냈다. 그녀가 월바에게 보낸 이메일이었다. 페이가 입을 열려 하자, 이본이 먼저 말했다.

"사진 속 인물이 당신인가요?"

그녀는 사진을 손에 들고 빠르게 훑어본 후 고개를 끄덕였다.

"네, 저예요."

"이걸 야크의 동거녀 월바에게 보냈나요?"

페이는 다시 고개를 끄덕였다.

"왜 그랬나요?"

"남편을 빼앗은 여자예요."

"그럼 지금 야크와 관계가 있나요?"

"무슨 뜻이죠?"

"헤어진 이후로 남편과 관계를 계속했나요?"

"네… 하지만 이걸 월바에게 보낸 사실을 야크가 알게 된 후에는 아니에요. 그 뒤로는 저를 미워했어요."

"야크는 관계가 계속됐다고 주장하고 있습니다."

"말도 안 돼요. 몇 주 전 그는 제 사무실에 와서 소동을 일으켰고 경호원들이 끌어냈죠."

페이는 고개를 저었다.

"당신이 외국 투자회사를 통해 콤파레의 지분을 대부분 차지했더군요. 알고 있었나요?"

페이는 불안하게 손가락으로 테이블을 두드렸다. 이본의 표정은 해석하기 어려웠다.

"무슨 일이 있었는지 알아야 해요. 그래야 상황을 이해할 수 있습니다."

페이는 천천히 고개를 끄덕였다.

"그들이 고통을 느끼게 하고 싶었어요. 그를 무너뜨리기 위해 할 수 있는 일을 했습니다. 그는 저를 미워했어요. 하지만 율리엔과는 아무 상관 없어요. 아이가 어디에 있는지, 애아빠가 아이에게 무슨 일을 했다고 생각하는지 이해가 안 돼요."

이본은 대답하지 않고 조심스레 물었다.

"얼굴의 상처는 어떻게 생겼나요? 야크 때문인가요?"

페이는 고개를 끄덕였다.

"남편이 아이를 돌보기로 했지만 불안했어요. 최근에 협박 문자를 보내거나 술을 마시면 위협하기도 했어요. 하지만 그는 아이에게 손을 대지 않았습니다. 단지 저에게 화가 난 거였죠. 아이를 맡기지 말았어야 했어요…"

페이의 목소리는 점점 끊어졌다.

"말해 줄 수 없나요? 제 딸이에요!"

이본은 페이를 바라보았지만, 눈빛은 공허했다.

"현관에서 발견된 피의 양으로 보아, 아이가 살아있을 가능성은 거의 없습니다."

"무슨 말이에요?"

"내 딸이 죽었다니… 말도 안돼요."

이본 잉바르손은 그녀의 어깨에 손을 얹고서 말없이 있었다. 방 안에는 말하지 않은 사실들만이 무겁게 울려 퍼졌다.

페이는 셰르스틴의 아파트로 옮겨 갔다. 신문에서 아이의 실종 사건을 대대적으로 다뤘다. 경찰은 야크의 차를 옌셰핑 북쪽의 숲에서 발견했다. 그 부근에는 보트 정박장이 있었고 다음 날 경찰은 보트에서 소량의 혈흔을 발견했다. 그러나 시신은 없었다.

경찰은 야크가 아이의 시신을 베테른호에 가라앉혔다는 가설을 세우고 있었다. 잠수부들이 시신을 찾으려 했으나, 탐색 구역이 너무 넓었다. 아이는 끝내 발견되지 않았다.

일주일 뒤, 모든 증거가 야크를 가리킨다는 사실이 보도되자, 언론은 그의 이름을 공개했다. 기자들은 무리를 지어 야크와 월바의 저택을 포위했다.

이본 잉바르손은 대부분의 정황이 아이의 사망을 시사한다고 설명했다. 페이는 심리 상담과 목사 면담을 모두 거절했다. 대신 셰르스틴의 아파트에 틀어박혀, 기자들을 지켜보았다. 얼굴의 상처와 멍은 조금씩 아물어 갔고 흉터가 남지 않도록 세심히 상처를 관리했다. 기소에는 폭행 혐의도 포함되어 있었다.

야크는 모든 혐의를 부인했다. 그러나 증거는 점점 더 쌓여 갔다. 수사관들은 그의 컴퓨터 검색 기록에서 섬뜩한 검색어들을 발견했다. 또한 그가 페이에게 보냈던 위협적인 메세지도 복원되었다. 모든 내용이 저녁신문에 보도되었다.

컴퓨터에서 나온 자료는 야크의 목을 더욱 조여왔다. 그는 여러 스웨덴 호수의 수심을 검색했고 차를 주차했던 베테른호의 지도를 저장해 두었다.

아이가 사라진 지 한 달 만에 페이는 아파트를 매물로 내놓았다. 그리고 '리벤지'의 투자자들에게 스웨덴을 떠날 것이라고 알렸다. 자신의 지분 10%만 남기고 셰르스틴에게는 이전에 준 것 외에 5%를 추가로 넘겼다. 나머지는 다른 투자자들에게 팔기로 했다.

이본 잉바르손은 적어도 야크의 재판이 끝날 때까지는 남아 있으라고 설득했지만, 페이는 그렇게 할 수 없다고 했다.

"야크는 우리의 아이를 죽였어요. 더 이상 여기 있을 이유가 없어요."

"이해합니다." 이본이 말했다.

"부디 강해지세요. 그 고통은 사라지지 않겠지만, 시간이 지나면 견딜 수 있을 거예요."

문 앞에서 페이는 아이를 안아주고 외투 단추를 잠근 뒤 계단으로 나섰다.

"어디로 갈 생각입니까?"

"아직 몰라요. 멀리, 아무도 나를 알아보지 못하는 곳으로요."

며칠 뒤, 이본에게서 문자 메시지가 왔다.

DNA 검사 결과, 현관과 야크의 차 트렁크, 그리고 보트에서 발견된 혈흔이 아이의 칫솔과 머리빗의 DNA와 일치했다는 내용이었다. 페이는 단 한 단어로 답장을 보냈다.

"고마워요."

더는 할 말이 없었다.

스웨덴을 떠난 지 일곱 달이 지났다. 페이는 지중해 앞쪽으로 완만하게 솟은 초록빛 언덕들을 바라보았다. 야크의 재판은 모두 끝났고 판결이 언제 나와도 이상하지 않을 시점이었다. 언론과 스웨덴 국민은 이미 그를 단죄한 상태였다. 야크 아델헤임은 '스웨덴에서 가장 증오받는 남자'였다. 월바는 아기를 품에 안은 채, 〈익스프레센〉과 인터뷰를 하며 야크가 자신에게 정신적 학대를 했다고 말했다.

페이는 마침내 증오하던 가슴 보형물을 제거했고 10킬로그램이 늘었지만 운동을 게을리하지 않았다. 이제껏 한 번도 이렇게 자기 몸에 편안함을 느껴본 적이 없었다.

스웨덴 전역이 재판을 지켜봤고 페이는 이 지중해의 테라스에서도 나라 전체가 숨을 죽이고 있는 듯한 공기를 느낄 수 있었다. 더 이상 불안하지 않았다. 모든 걸 완벽하게 준비해두었으니까.

〈아프톤블라데트〉의 뉴스 앵커가 몇 장의 종이를 손가락으로 정리하고 있었다. 범죄 전문 기자는 심각한 목소리로 "야크 아델헤임의 유죄는 더 이상 의심의 여지가 없다"고 말했다.

이제 모든 게 끝난 것이다.

그때 아이가 집 안에서 엄마를 불렀다.

"왜 그러니?"

"바다 가도 돼?"

"조금만 기다려. 엄마가 이거 다 보고 나서."

"야크 아델헤임, 일곱 살 난 친딸 살해 혐의로 유죄 판결."

뉴스의 마지막 문장이 들리는 순간, 페이는 재빨리 노트북 덮개를 닫았다. 아이는 그녀의 무릎 위로 뛰어올랐다.

"엄마, 뭐 보고 있었어?"

"아무것도 아니야." 페이는 미소를 지으며 말했다.

"자, 우리 이제 바다 갈까?"

"셰르스틴 아줌마도 같이 가면 좋겠어!"

"그럼 물어보자."

아이가 달려 나가자 페이는 눈을 감았다.

야크에게 다시 신뢰를 얻는 일은 어려운 일이 아니었다. 그 뒤의 실행도 복잡하지 않았다. 단지 아이의 모습을 떠올리기만 하면 됐다. 페이는 진통제를 몇 알 삼킨 뒤, 자신의 몸에서 피를 뽑아냈다. 헌혈 때보다 두 배는 되는 양이었다. 피를 많이 뽑은 탓에 머리가 어지럽고 몸이 흔들렸지만 끝까지 버텼다. 셰르스틴과 아이는 먼저 떠나기로 되어 있었다.

페이는 베스테로스의 호텔로 가서 셰르스틴을 만나 휴대폰을 건넸다. 그날 밤 셰르스틴은 그의 번호로 전화를 걸기 시작할 것이다. 그리고 다시 스톡홀름의 아파트로 돌아왔다. 이제 그를 파멸시킬 차례였다. 위스키 석 잔을 마시자, 침대로 유인하는 데 성공했다. 그리고 예상대로 야크는 페이의 속옷 안으로 손길을 뻗치다 잠들었다.

페이는 침실의 큰 거울 앞에 서서 자기 얼굴을 바라보았다. 야크의 코고는 소리가 뒤에서 들렸다. 수면제를 섞은 위스키를 마신 그는 깨어나지 못할 것이다. 설령 깨어나더라도, 모든 기억은 흐릿할 것이다.

페이는 깊게 숨을 들이켰다. 그리고 오랫동안 눌러왔던 어둠이 몸속에서 밀려나오도록 내버려두었다. 물속의 얼굴들을, 하늘로 울려 퍼지는 비명들을, 피가 바닷물에 섞이는 모습을, 공포에 질려 허공을 움켜쥐던 하얀 손가락들을 보았다. 그리고 그 속에서 아이의 얼굴을 다시 보았다. 두려움에 가득 찬 얼굴.

페이는 있는 힘껏 자신의 머리를 철제 침대 머리판에 부딪쳤다. 거울 속 얼굴을 보며 상처의 깊이를 확인했다. 이마에는 상처가 벌어졌고 피부 아래로 피가 차올랐다. 금세 멍이 들 것이다.

페이는 준비해둔 인형을 꺼내 현관 바닥에 눕혔다. 그리고 자신의 피를 인형 위에 부었다. 피는 인형의 머리와 상체를 감싸며 흘러내렸다. 그다음, 장갑을 끼고 가방에서 지퍼백 하나를 꺼냈다. 안에는 분홍색 칫솔과 머리빗이 들어 있었다. 아이가 직접 포장을 뜯고 지퍼백에 넣은 것들이었다. 그래서 오직 아이의 지문만 남아 있었다.

페이는 먼저 머리를 빗었다. 자신과 아이는 같은 금발이었고 머리 길이도 비슷했다. 몇 번 세게 빗질하자 머리카락이 뿌리째 뽑혀 나왔다. 그걸 그대로 두고 칫솔을 꺼내 이를 세게 닦았다. 칫솔모가 퍼질 정도로 힘을 줬다. 그런 뒤 칫솔을 욕실의 유리컵에 꽂았다. 그리고 아이의 방으로 가서 머리빗을 책상 위에 올려두었다.

페이는 수면제를 섞었던 잔을 깨끗이 씻고 다시 위스키를 따랐다. 그리고 그의 침대 옆 탁자 위에 잔을 놓고 병은 바닥에 엎질러두었다. 술 냄새가 방 안을 가득 채웠다. 이제 아파트 안에서 할 일은 거의 끝났다.

페이는 그의 휴대폰을 챙긴 뒤, 인형을 들고 차로 향했다. 트렁크에 인형을 던져 넣었다. 피가 흘러 흔적이 남을 것이다.

그의 차를 몰고 베테른호까지 다녀왔다. 정박된 보트 중 하나에 피를 살짝 묻혔다. 인형은 깨끗이 씻어 물속에 던졌다. 호수 바닥에는 이미 온갖 잡동사니가 가라앉아 있을 터였다. 아무도 그것이 아이와 관련 있다고 의심하지 못할 것이다.

그의 차 GPS와 휴대폰 신호가 이 이동 경로를 완벽히 기록할 것이다. 차량 컴퓨터의 데이터는 더 세밀했고 두 기록은 서로를 보강했다. 악마는 언제나 세부 속에 숨어 있는 법이다.

차를 해안도로에 세우자 따뜻한 바람이 페이의 옷자락을 스쳤다. 셰르스틴은 아이를 차에서 내리도록 도왔다. 세 사람은 빈 선베드를 찾아 값을 지불했다. 아이는 바다 쪽으로 달려갔고 페이와 셰르스틴은 아이를 지켜보며 누워 있었다.

"야크가 종신형이 유력하대요."

"들었어요." 셰르스틴이 대답했다.

"우리, 해냈네요."

"그렇죠. 사실 전 한 번도 걱정 안 했어요."

"정말요?"

셰르스틴은 고개를 저었다.

그때 한 여자가 다가왔다. 그들을 보자 걸음을 멈추고 미소 지으며 물었다.

"자리 하나 더 있을까요?"

“물론이죠. 아이랑 좀 부딪힐 수도 있지만.”

“괜찮아요.” 여자는 아이의 터키색 수건 위에 몸을 눕히며 선글라스를 썼다.

“오늘 저녁 우리 집에서 같이 식사해요.”

그 여자는 고개를 끄덕이더니 얼굴을 태양 쪽으로 돌렸다.

세 여자는 나란히 누워 있었다. 페이는 눈을 감고 파도 소리와 아이의 웃음소리를 들으며 행복한 듯 숨을 고르다 세바스티안을 떠올렸다. 그의 죽음이 지금의 자신을 만든 것이었다. 이상하게도, 세바스티안에게 감사한 마음이 들었다.

페이는 고개를 돌려 옆에 누운 여자를 바라보았다. 그리고 천천히 손을 뻗어, 어머니의 뺨을 부드럽게 쓸어내렸다.

황금새장

1판 1쇄	2025년 12월 30일

지은이	카밀라 레크베리
옮긴이	이상아
편집	김효진
교열	이수정
디자인	최주호
펴낸곳	마르코폴로
등록	제2021-000005호
주소	세종시 다솜1로9
이메일	laissez@gmail.com
페이스북	www.facebook.com/marco.polo.livre

ISBN   979-11-24110-04-1   03850